U0505865

文景
———
Horizon

社科新知　文艺新潮

HOUSE
KEEPING

Marilynne
Robinson

管家

〔美〕玛丽莲·罗宾逊 著

张芸 译

HOUSE KEEPI NG

上海人民出版社

献给我的丈夫

献给詹姆斯、约瑟夫、乔迪、约尔

四个出色的孩子

1

　　我叫露丝。我和妹妹露西尔一同由外祖母西尔维娅·福斯特太太抚养长大，外祖母过世后，由她未婚的小姑莉莉·福斯特和诺娜·福斯特接手，后来她们跑了，照管我们的人变成她的女儿西尔维娅·费舍太太。在这几代长辈的轮替中，我们始终住在同一座房子里，我外祖母的房子，建造者是她的丈夫埃德蒙·福斯特，他在铁路局工作，在我尚未出世的多年前就已撒手人寰。是他让我们落脚在这个不宜居住的地方。他在中西部长大，住的是一间从地里开凿出来的屋子，窗户恰好和地面及视线齐平。从外面看，那间屋子不过是个土墩，和人类的堡垒或坟墓无异；从内部看，那方空间里的世界处于绝对水平的位置，严重缩短了视野，地平线环绕的似乎除了那栋生草土铺盖成的屋子外别无其他。因此我的外祖父开始遍读他能找到的游记，各种探险日志：去非洲山区的，去阿尔卑斯山脉、安第斯山脉、喜马拉雅山脉、落基山脉的。他买了一盒颜料，临摹杂志上的一幅日本富士山版画。他还画了许多别的山，即便有哪座是真实存在的，也没有一座可教人认得出来。这些山皆是平滑的圆锥体或土墩，有的茕茕孑立，有的层峦叠嶂或被群峰簇拥，翠绿、棕黄、洁白，依季节而定，但山顶总有积雪，那些山顶或粉、或白、或金，取决于一天里的时间。在一幅宏伟的画里，他把一座钟形山置于显著的前景，山上覆盖了精心绘制的树木，每一株都卓然挺立，和地面成直角，长势与褶皱的长毛绒布上笔立的绒毛一模一样。每株树上结了鲜亮的果实，艳丽的鸟儿在枝杈间筑巢，每颗果实、每只鸟，都和地球上的经线垂直。身有斑点和条纹的巨兽，看得出，正从右侧畅通无阻地奔上山，然后慢悠悠地下到左侧。这幅画体现的是无知还是奇想，我从来不能确定。

有一年春，我的外祖父离开他的地下穴室，走到铁路边，登上一辆列车西行。他告诉售票员他要去山里，那人安排他在这儿下车，这也许不是恶意的玩笑，或根本不是玩笑，因为这儿的确有山，数不清的山，没有山的地方则有丘陵。小镇本身建在一片相对平坦的地带，那儿以前是湖的一部分。仿佛曾有一段时期，事物的尺寸自行更动，留下诸多谜样的边缘，例如过去想必是山的地方和现在的山之间，曾经的湖和现在的湖之间。有时在春天，昔日的湖会重现，打开地窖门，发现水上漂着蹚水穿的长靴，油腻的鞋底朝上，木板和吊桶撞击着门槛，走到第二个台阶，楼梯就消失不见。水漫至地表，土壤变成淤泥，继而是泥浆，草立在冷冽的水中，水淹至草尖。我们的房子位于集镇边缘的小山上，所以地窖里的黑水坑难得多过一个，几只瘦骨嶙峋的虫子浮游在上面。果园里会积起一湾狭长的池塘，水像空气般澄澈，覆着草、黑叶和掉落的树枝，池塘周围是黑叶、泡过水的草和掉落的树枝，水面上，天空、云朵、树、我们盘桓的脸和冰冷的手，微小得如眼中的映像。

抵达车站之际，我的外祖父谋得了一份在铁路局的工作。好像是得益于一位小有权力的列车长的相助。那份工作不算特别好。他负责巡夜，或可能是当信号工。总之，他在傍晚时分去上班，提着灯四处走动，直到天明。不过他是个尽职、勤勉的员工，必定会升职。不出十年，他便监管起牲畜和货物的装载及卸载，又过了六年，他当上站长助理，在这个职位上干了两年。一次，在从斯波坎办事归来途中，他的人生和职业生涯在一场引人注目的出轨事故中走到了尽头。

虽然连远在丹佛市和圣保罗市的报纸也作了报道，但严格来说，这件事并未引人注目，因为没有人看见事发的经过。车祸发生在一个月黑之夜中途。那辆火车，车身漆黑，流线型的设计优美典雅，人称"火流星"，在过桥驶到一半多时，车头朝湖冲去，余下的车厢随它一同滑入水中，像鼬鼠爬过岩石一般。一名搬运工和一名服务生正站在守车后端的栏杆旁聊私事（他们是远亲），幸免于难。可无论从何种意义上讲，他们都不是真正的目击者——基于当时天黑得伸手不见五指，而他们又一直站在车尾回头看这两个同等合理的原因。

人们提着灯，走到桥下的水边。他们大多站在岸上，及时生起一堆火。几个个头较高的男孩和年纪较轻的成年男子，带着绳索和提灯走到铁路桥上。有两三人浑身涂满焦黑的油脂，绑上安全绳，其他人将他们慢慢放入水中，落在搬运工和服务生认定的火车沉没地点。人们用秒表计时，两分钟后，收起绳索，潜水员僵硬着双腿，步上桩子，解除安全绳，身裹毛毯。水冷得要命。

天亮以前，潜水员不断从桥上荡下去，又再走上来或给拉上来。一个手提箱，一块坐垫，一棵生菜，那是他们打捞到的全部。有的潜水员记得潜下水时曾与火车残骸擦身而过，可那块残骸想必又再度下沉，或在黑暗中漂走了。到那时为止，他们已放弃了寻找乘客的希望，没有别的可救的东西，没有残留的遗物，只有那三样，其中一样还是会死的。他们推测起这并不是火车脱离桥的地方，还有火车如何在水中移动的问题。是不受速度影响像大石头那样下沉，还是不计重量像鳗鱼似的滑行？假如车确实在这儿离轨，它有可能在前方一百英尺处停住。或者，在触底时车体会再度翻滚或下滑，因为桥桩是打在一排给水淹没的小山之顶，这些山一面构成一道宽谷的侧壁（另一排山在往北二十英里处，有部分成了岛屿），另一面是悬崖。显然这些山是过去另一座湖的堤坎，由某种易碎的石头垒成，这种石头在水的冲蚀下流失殆尽。假如火车倾覆在南面（搬运工和服务生的证词如是说，可到这时，他们的话已无人采信），经过一两次的下滑或翻滚，也许会再度下沉，落到更远，相隔的距离更长得多。

过了没多久，几个少年走到桥上，玩起跳水，起先小心谨慎，后来简直乐开了怀，惊呼连连。太阳出来后，云吸足了阳光，变得五彩斑斓。天更冷了。太阳越升越高，天空逐渐变得像马口铁般光亮。湖面风平浪静。当几个男孩的脚击中水时，有一丝细微的开裂声。明净、破碎的冰面伴随他们激起的波纹而抖动，待湖水恢复平静后，又像倒影的碎片般自行弥合。其中一个男孩游到距桥四十英尺外，顺着那道侧壁和那块严实、密不透风的石头，摸索着下到以前那座湖里，先是头，然后蹬脚探身。但想到自己所在的地方，他顿时一阵惊惧，朝空中跃起，腿正好擦到什么东西。他俯下身，把手放在一个光溜溜的表面上，与湖底平行，但感觉比底部高出七八英尺。是一扇窗。那列火车侧翻在那儿。第二次他就够不到了。水把他托了上来。他说，他摸到的所有东西里，只有那块平滑的表面没有为水草覆盖或蒙上一层稀疏的物质，比如淤泥。这个男孩是个撒谎高手，孤单寂寞，永不餍足地想讨人欢心。他的故事，既无人相信，也无人质疑。

等他游回桥边，给拉上岸，告诉人们他刚才去过的地方时，水开始变得暗哑混浊，好像冷却的蜡油。游泳的人浮出水面时碎片飞溅，冰层划破处结起的冰膜看上去崭新、晶莹、发黑。游泳的人都抵了岸。到夜晚时分，那儿的湖已完全封冻。

这场惨祸给指骨镇留下三位新守寡的妇人：我的外祖母，上了年纪、开干货店的两兄弟各自的妻子。那两位老妇人在指骨镇住了三十年乃至更久，可她们选择了离开，一个去北达科他州和已婚的女儿一同生活，另一个找到在宾夕法尼亚州塞威克利市的朋友或亲戚，此前她一结婚就离开了那儿。她们说她们无法再对着湖住下去。她们说风里有湖的气味，她们能在喝的水里尝出湖的滋味，她们无法忍受闻到它、尝到它，或是看到它。她们没有等待追悼会和纪念碑的落成，前来凭吊和观看的人很多，他们在铁路局三位官员的引领下，走上大桥，行在为这场仪式而架起的栏杆间，把花环投在冰上。

诚然，在指骨镇，人们无时不意识到那座湖的存在，或说是湖泊深处，下面那没有光、没有空气的水域。春天，犁过的土地切开了口子，敞露着，从犁沟里散发出的正是那股相同的、刺鼻的、湿润的味道。风里饱含了水，所有抽水泵、溪流和沟渠都有一股不含其他成分的纯净的水味。湖的根底是过去那个湖，覆压在下面，无名无姓，漆黑一片。后来有了指骨镇，有了图表和照片上的这座湖，湖面洒满阳光，绿色生命和不计其数的鱼儿生长其中，人们可以俯视船坞的影子，望见布满石子和泥土的湖底，差不多和看到干燥的土地一样。在那之上，春天湖水上涨，把草变得像芦苇一样幽秘粗糙。在那之上，湖水悬在阳光里，气味和动物的呼吸一样浓烈，溢满群山包围的这方园地。

我的外祖母似乎没有考虑搬家。她在指骨镇住了一辈子。虽然嘴上从来不说，心里无疑也很少想到，但她其实笃信宗教。换言之，她把生命想象成一条路，人沿着它前行，这条路十分简单，能够穿越广袤的国度，目的地从一开始就在那儿，在一定距离外，像某座普通的房子，伫立在寻常的日光下，人走进那儿，受到正派之士的欢迎，给领到一个房间，曾经失去或抛下的东西，统统集结在那儿，等候。她相信，将来某个时刻，她会和我的外祖父相遇，重新开始他们的生活，不必为钱发愁，气候更加温和。她希望我的外祖父不管怎样能更稳重一些，多掌握一点常识。就活到那时的他而言，这已不是年龄的缘故，我的外祖母不相信容貌变化一说。他的死让人痛心的地方在于，由于我的外祖母既有房子又有退休金，孩子都快长大成人，所以在她看来，这像一种叛逃，并非全在意料之外。多少次，她早晨醒来，发现他不见了踪影？有时，他一整天四处游荡，细声细气地顾自哼歌，与妻子和孩子说话的口吻，宛如文质彬彬的绅士在对陌生人讲话一样。如今他终于消失了。当他们重聚时，她希望他能有所改变，本质上的改变，可她没有一心要达成此愿。在这般冥想中，她开始了孀居的生活，彻底转变成一个好寡妇，和此前当一个好妻子一样。

父亲死后，几个女儿围着她打转，留意她的一举一动，满屋子跟着她，挡住她的去路。那年冬天，莫莉十六岁；我的母亲海伦十五岁；西尔维十三岁。母亲坐下缝补东西时，她们会坐在地上围着她，努力表现出轻松的样子，把头靠在她的膝盖或座椅上，像小孩子一样好动不安分。她们会扯下地毯的流苏，折弄她的裙边，偶尔互相打斗，同时一边懒洋洋地谈论学校的事，或解决她们之间产生的无尽、细琐的抱怨和指摘。过不多久，她们会打开收音机，动手梳理西尔维的头发，她的头发浅棕色，浓密厚重，垂至腰间。两个姐姐娴熟地弄出高卷式发型，耳朵和颈背处垂下绺绺鬈发。西尔维交叉双腿和脚踝，阅读杂志。如果犯困，她会去自己房间小睡片刻，然后顶着已凌乱歪斜的华贵发髻，下楼吃晚饭。没有什么能诱起她的虚荣心。

到晚餐时间，她们会跟着母亲进厨房，在桌上摆好餐具，揭开锅盖，然后围坐在桌旁，一块儿吃饭，莫莉和海伦挑三拣四，西尔维的嘴唇上沾着牛奶。即便那时，在有白窗帘遮住夜色的明亮的厨房，她们的母亲仍感觉她们在凑向她，打量她的脸和手。

自儿时以来，她们从未这样簇拥过她，自那以来，她从未如此清晰地觉察过她们头发的味道，她们的温柔、呼吸和唐突。这令她充满一种奇特的欢欣，和她们其中任何一人在未断奶期，定睛盯着她的脸、把手伸向她另一边的乳房、她的头发、她的嘴唇，渴望触碰、急切想饱腹一阵然后睡觉时所感到的那份喜悦一样。

过去，她总有千种方式，让她们围在她身边，凭借的想必似是魅力之类的东西。她会唱上千首歌。她做的面包松软可口，果冻酸甜开胃，下雨天，她烤饼干，煮苹果泥。夏日里，她把玫瑰养在钢琴上的花瓶中，玫瑰花硕大、香气扑鼻，当花朵成熟、花瓣凋零时，她把它们放进一个细长的瓷罐，里面还有丁香、百里香和肉桂条。她的孩子睡在浆洗过的床单上，盖着好几层被子，早晨，她的窗帘里注满阳光，一如灌满风的船帆。她们自是紧挨着她，触摸她，好像她刚外出归来似的。不是因为她们害怕她会像父亲那样消失不见，而是因为父亲的骤然消失让她们意识到了她的存在。

结婚没多久，她得出结论，爱情在某种程度上和渴望是同一回事，占有起不到缓解作用。有一次，当时他们还没有小孩，埃德蒙在湖边捡到一块怀表。表壳和表盖完好无损，但机件都锈蚀得差不多了。他把表拆开、掏空，面上正好可以放下一张圆纸片，他在上面画了两只海马。他穿了一条链子，将这当做挂件送给她，可她几乎从来不戴，因为链子太短，她无法自如地看见海马。她担心挂在皮带上或放在口袋里会碰坏。约莫一个星期，她无论去哪儿都随身带着这块表，即便只是走到房间另一头亦然，并非因为那是埃德蒙做给她的，也不是因为这幅画比他平时的画少了几分明艳和粗笨，而是因为海马本身俏皮可爱，奇形怪状，好像传令官，披着盔甲似的昆虫外壳。她一把目光挪开，心里想看到的就是这两只海马，就连当目光落在它们身上时想看到的也是。这种需求始终不减，直到有东西——一场争吵，一次做客——引开她的注意力。同理，她的几个女儿触摸她、留意她、跟随她，也将持续一段时间。

有时，她们在夜间发出叫喊，喊声细微，丝毫未把她们惊醒。她一走上楼梯，无论多么蹑手蹑脚，那声响便会停止，等到了她们的房间，她发现她们都安然睡着，喊声的源头藏匿在寂默中，像蟋蟀一般。仅是她的来临就足以使那家伙静下声。

从丈夫去世到大女儿离家，中间的那些年其实堪称最宁静祥和的岁月。我的外祖父有时流露出失望之情。他的离去，使她们从追求成功、赏识和晋升的烦人前景中解脱出来。她们没有理由期盼什么，没有事情需要抱憾。她们的人生围绕倾斜的世界一圈圈转落，像从纺锤上转下的纱线，早餐时光，晚餐时光，丁香花开的时光，苹果结果的时光。假如天堂指的是清涤了灾难和烦扰后的现世，假如不朽指的是保持宁和与停滞的今生，假如可以把这清涤后的现世和无消耗的今生看作复归其原本特性的尘世和人生，那么难怪，安宁无事的五年，诱使我的外祖母忘了她本永远不该忘记的事。在莫莉离开的六个月前，她已完全变了一个人。她袒露自己的虔诚，弹奏钢琴练习圣歌，给传教会寄去厚厚的信函，叙述她最近的皈依，并夹了两首复印的长诗，一首是关于耶稣复活的，另一首写的是基督团体在世界范围内的推进。我见过这两首诗。第二首热忱地谈到异教徒，特别提及传教会，"……天使前来推走 / 封住他们坟墓的大石。"

不出六个月，莫莉定下了去中国的行程，为一家传教会工作。正当莫莉让空气中反复回荡着《天国之地》和《上帝，我们能》的旋律时，我的母亲海伦却坐在果园，温柔而严肃地和某个叫雷金纳德·斯通的人——我们公认的父亲——交谈。（我对这个男人毫无印象。我见过他的照片，两张都是在第二次婚礼当日照的。表面看去，他是个形容苍白的男子，头发油亮乌黑，穿着深色西装，神情自若。显然，在两张照片里，他都未把自己视为主角。一张里，他望着在和西尔维说话、背对相机的我的母亲；另一张里，他似乎在整理帽子顶部的凹痕，而我的外祖母、海伦和西尔维则排成一排，站在他旁边，望着镜头。）在莫莉去了旧金山，又从那儿去了东方的六个月后，海伦和这位斯通先生在西雅图组建了家庭，她似乎是在内华达嫁给他的。西尔维说，这场私奔和在外州的婚姻让我的外祖母很生气，她写信告诉海伦，除非她回家，当着母亲的面再结一次婚，否则她决不承认她真正已婚。海伦和丈夫乘火车抵达，带了一个装满结婚礼服的箱子、一盒切花和用干冰包起来的香槟。我找不出理由想象我的父母曾经富足过，所以只能认定他们费了些周折来安抚我外祖母。然而，据西尔维讲，他们在指骨镇待了不到二十四小时。不过关系想必有所修补，因为几个星期后，西尔维穿着簇新的外套、新鞋，戴着新帽子和她母亲最好的手套，提着母亲最好的皮包和旅行袋，坐火车去西雅图拜访已婚的姐姐。西尔维有一张她在车厢门口挥手的快照，时髦、青春、端庄。据我所知，西尔维只回家过一次，站在外祖母园中海伦站过的地方，嫁于一个姓费舍的人。显然，这件事没有留下照片。

前一年，我的外祖母有三个安静的女儿，后一年，房子空空荡荡。她想必认为，她的姑娘之所以安静，是因为她们的生活习惯几乎免除了开口说话的需要。西尔维的咖啡里加两块糖，海伦喜欢烤得焦黑的吐司，莫莉的吐司不涂黄油。这些大家都知道。莫莉换床单，西尔维削蔬菜，海伦洗碗。这些固定不变。偶尔，莫莉在西尔维的房间搜寻图书馆借来未还的书。有时，海伦烘焙一盘饼干。带回一束束鲜花的是西尔维。这种完美的静和在父亲死后降临于她们家中。那桩事搅乱了她们特有的生活环境。时间、空气、阳光，承载了一波接一波的冲击，直到所有冲击的能量都耗尽，时间、空间和光仍再度壮大，无一物似在摇动，无一物似在倾斜。那场灾难已从视线中消失，像火车本身一样，即使随后的风平浪静及不上事前的，但看似一样。宝贵的寻常生活，如同水面的倒影，复原得天衣无缝。

有一天，我的外祖母想必抱出一篮床单，晾晒在春日的阳光里，她穿着黑色的孀服，把日常惯例当做履行信仰的行为。譬如，地上硬邦邦的陈雪有两三英寸厚，崎岖不平处冒出星星点点的泥土，若风没把暖意全吹走的话，阳光和煦；又譬

如，她穿了紧身褡，气喘吁吁地弯下腰，抓着一条湿嗒嗒的
床单的边缘将之提起，譬如，她把三个角夹在晾衣绳上后，
床单开始在她手中起伏腾跃，翻飞颤动，发出耀目的光，这
件物品的挣扎，欢快有力，宛如裹了寿衣的灵魂在跳舞。都
是那阵风！她会说，风力使她的外套下摆贴住了腿，使她的
发丝飘了起来。风从湖面上吹来，里面有雪花沁人心脾的味
道，和融雪的腐味，教人想起那种罕见、细长的小花，她和
埃德蒙会走上半天路去采摘，即使再过一天它们就会全部枯
萎。有时，埃德蒙会提着桶和铲子，把它们连土掘起，带回
家栽种，可它们还是会死。它们是稀有之物，从蚂蚁窝里长
出来，携带着粪便和动物的尸肉。她和埃德蒙会去爬山，爬
到大汗淋漓为止。马蝇跟着他们，风让他们冷得打战。在雪
化去的地方，他们可能会看见豪猪的残骸，这儿是牙齿，那
儿是尾巴。风里有股酸臭，是污浊的积雪、死亡、松脂和野
花汇成的。

　　一个月后，那些花会盛开。一个月后，所有休眠的生命和
止停的朽蚀会重新开始活动。一个月后，她将结束哀悼，因
为在那个季节，她觉得他们，她和沉默的循道宗信徒埃德蒙，
似乎根本没有结过婚，他连去寻野花也系着领带和吊裤带，
年复一年，他记得那些花生长的确切地点，他在水坑里浸湿
手绢，包住花梗，他伸出手肘，助她翻越陡峭多石之处，一

种无言、冷淡的殷勤，她不厌憎，因为她从未真正期望有嫁给某个人的感觉。她有时幻想一名肤色黝黑的男子，脸上和凹陷的肚子上画着粗糙的条纹，腰间系着兽皮，耳朵上垂下骨制的饰物，泥土、利爪、尖牙、白骨、羽毛、肌腱和兽皮装点着他的臂膀、腰身、脖颈和脚踝，他穿戴着死亡的战利品，他的整具身体炫耀出自己比种种死亡更可怕。埃德蒙就像这样，有一点点。春意的浮现，在他心中搅起庄严、神秘的兴奋，让他忽略了妻子的存在。他会捡起蛋壳、鸟翅、颚骨、黄蜂巢灰白的碎片，全神贯注地端视这一样样东西，然后将它们放进口袋，口袋里装着他的折合刀和零钱。他会细细打量它们，仿佛能读懂它们似的，并收入口袋，仿佛可以将它们占为己有。这是我手中的死亡，这是我上衣胸袋里的废墟，袋里装着我的老花镜。在这样的时刻，他忽略了妻子的存在，亦忽略了自己的吊裤带和循道宗教义，可尽管如此，那却是她最爱他的时刻，一个完全无人作伴的灵魂，和她自己的灵魂一样。

因此，那阵翻动床单的风向她宣告了寻常的回归。不久，臭菘将破土而出，果园里将飘起苹果汁的味道，女孩将浣洗她们的棉布裙，上浆、熨平。每个傍晚将带来其熟悉的陌生感，蟋蟀将彻夜鸣叫，在她的窗下，在从指骨镇四周延伸出去的幽黑荒野的每个角落。她将会感到自童年以来每个长夜都会感到的那份剧烈的孤寂。是这种孤寂，使时钟显得特别慢、特别吵，使声音听似来自湖的对岸。她认识过的老妇人，先是她的外祖母，后是她的母亲，夜晚在她们的门廊上轻摇，唱着悲伤的歌曲，不希望有人同她们说话。

如今，为安慰自己，我的外祖母不会反思她子女的无情，或广义上子女的无情。她曾许多次注意到，每当她看着她的几个姑娘时，她们的面容温柔、严肃、内敛、平静，像幼年时一样，像她们此刻沉睡时一样。假如屋里有一个朋友在，她的女儿会专注地盯着他或她的脸，揶揄、抚慰或打趣，她们中的任何一人都能判别出表情或声调的最细微变化，做出回应，即便西尔维也能，倘若她愿意的话。但她们不曾想到让自己的言语和举止迎合她的神色，她也不希望她们这样。事实上，想留住她们的这种无意识的念头，时常鼓舞或束缚她。那时的她是个威严的妇人，不仅因为她的个头和宽大、棱角分明的脸庞，不仅因为她的教养，而且因为那合乎她的意图，表里如一，这样，她的孩子永远不会惊愕或讶异，她在衣着和态度上浑然一副女舍监的模样，将她的生活和她们的区分开，这样，她的孩子永远不会觉得受到侵扰。她对她们的爱平等而无条件，她对她们的管束宽厚而绝对。以前她像白昼一样恒常，以后她会像白昼一样不为察觉，只为凝望她们脸上沉静的内敛。那是怎样的情景。有一年夏天的一个傍晚，她走到屋外的园子里。一垄垄土壤像灰烬一样轻飘松软，颜色是浅淡的土黄，树木和植被成熟了，和寻常一样青翠，宜人的沙沙声不绝于耳。在惨淡的大地和明净的树木之上，天空泛出哑暗的青灰色。她跪在垄壑里，听见蜀葵撞击棚屋的外墙。她感觉一阵湿润的疾风撩起她颈上的头发，看见树里灌满风，听见树干像桅杆一样嘎吱作响。她把手掘到一株土豆茎干底下，在干燥的盘根间小心翼翼地摸索新生的土豆，它们像鸡蛋一样光滑。她把它们放在围裙里，走回屋内，思忖，我看见了什么，我看见了什么。大地、天空、园子，并非一成不变。她看见自己女儿的面孔，不同于以往一贯的模样，也不同于其他人的面孔，她安静、冷漠、保持警觉，不把这份陌生惊走。她从未教过她们要善待她。

从海伦离开指骨镇到回来，中间共相隔了七年半，当她终于回来时，那是一个星期日的早晨，她知道母亲不会在家，她没有多作停留，只把露西尔和我安顿在有遮篷的门廊的长椅上，还有一盒全麦饼干，以防止我们吵闹不安。

也许是感觉到事情的微妙，我的外祖母从未问过我们有关和母亲一同生活的事。也许是她并不好奇。也许是海伦偷偷摸摸的行为严重冒犯了她，直到现在她仍对此置之不理。也许是她不愿通过间接的方式获悉海伦不愿告知她的事。

假如她问我，我本会告诉她，我们住在一栋灰色高楼顶层的两个房间，所有窗户——总共五扇，还有一扇由五行小框格玻璃组成的门——都俯对着一条狭窄的白色阳台走廊，与底下其他的白色阶梯和阳台走廊组成一座巨型脚手架，固定错综，像附着在悬崖壁上的冻住的水，灰白的表面上有点点颗粒，宛如晒干的盐。从那个阳台走廊，我们俯望大片焦油纸屋顶，屋檐挨着屋檐，像灰暗的帐篷般延展，罩着装在板条箱里的存货，罩着西红柿、芜菁、鸡，罩着螃蟹、三文鱼，罩着有一台自动唱机的舞池，有人在早餐前播放起《雀儿在树梢》和《晚安，艾琳》。可上述种种，从我们居高临下的位置，看见的只有屋脊。鸥鸟成排栖息在我们走廊的栏杆上，定睛觅食。

　　由于所有窗户排成一列，我们的房间在近门处和白昼一样亮堂，越往里越暗。主房间的后墙上有一扇门，通往一条铺了地毯的过道，但从未打开过。事实上，那扇门给堵住了，一张绿色的大沙发，笨重、走样，看起来像是从四十英尺的水下打捞上来似的。两张油灰色的扶手椅拉拢围成一个谈话的圈子。两只半边身子的陶瓷绿头鸭，在墙上展翅全力飞翔。至于房间剩下的地方，容纳了一张铺着格子油布的圆形牌桌、一台冰箱、一个浅蓝色的瓷具柜、一张摆了电炉的小桌和一个用油布围起来的水池。海伦把晾衣绳穿过我们的腰带，系在球状的门把手上，这个办法让我们有胆站在走廊边眺望，即使风大时也不怕。

住在楼下的贝奈西是我们家唯一的访客。她的嘴唇淡紫色，头发橘黄，两道弯眉各用棕色的笔一笔画就，那是一场娴熟与颤抖的较量，有时在耳边画上句点。她年事已高，却千方百计表现得像个病重的姑娘。她在我们门口一站数小时，弓着长长的背，手臂交叉在滚圆的肚子上，讲述不光彩的丑事，顾及不该让露西尔和我听见而压低声音。种种逸事讲下来，她的眼睛因重新唤起的惊异而圆睁，她会不时发出笑声，用淡紫色的手爪戳我母亲的臂膀。海伦倚在门口，冲地板微笑，捻弄头发。

贝奈西很喜欢我们。她没有别的家人，只有丈夫查雷，坐在她家的阳台走廊上，双手置于膝盖，肚子塌到腿上，身上的肉像香肠似的布满斑点，粗大的血管在太阳穴和手背上扑扑跳动。他说话吞音，仿佛是为了保存气息。每当我们下楼时，他会在后面缓缓探身，说"嗨！"贝奈西喜欢送我们蛋奶糕，包着一层厚厚的黄色外皮，浸在一汪和泪水一样稀薄的流质里。海伦在一家杂货店卖化妆品，她去上班时，由贝奈西照看我们，尽管贝奈西在一家路边的卡车休息站上夜班，当收银员。她照看我们的方式是尽量不熟睡，一有挥拳打架、损毁家具、因吃坏肚子而痛苦挣扎的声响就能被惊醒。这个策略确实奏效，但有时贝奈西会因某些莫名其妙的警报而猛然醒来，穿着睡袍、没画眉毛就奔上楼，用双手敲打我们的窗，而我们正安静地和母亲吃晚饭。这些打断她睡觉的惊扰，并没因为是自发产生的而少遭怨恨。不过因为我们母亲的缘故，她疼爱我们。

贝奈西休假了一周，为了能够把车借给我们去指骨镇。当从海伦口中得知她的母亲仍在世后，她开始竭力劝她返家一趟，令她深感欣慰的是，最终海伦被说服了。结果这是一趟有去无回的旅程。海伦带我们翻山越岭，穿过沙漠，又转入山区，最后来到湖边，过桥、进镇，在红绿灯处左拐，驶上桑树街，一路经过六个街区。她把我们的行李箱放到有围栏的门廊里，廊下有一只猫和一台威风凛凛的洗衣机，她叫我们安静地等着，然后自己走回车里，向北行驶，几近到达泰勒镇，她在那儿驾着贝奈西的福特车，从一处名叫威士忌石的悬崖之顶驰入最黑的湖底。

人们四处搜寻她。消息发送到方圆百英里内的各个角落，请大家留意一位年轻女子，驾驶一辆据我说是蓝色据露西尔说是绿色的汽车。几个一直在钓鱼、对搜寻行动一无所知的男孩碰巧遇见她，她盘腿坐在车顶，车子陷落在公路和悬崖之间的草地里。他们说她一边凝望湖水，一边吃野草莓，那年的草莓异常硕大饱满。她很和气地请他们帮她把车从淤泥里推出来，他们不遗余力，甚至将自己的毯子和外套垫在车轮底下，助她一臂之力。他们把车重新弄回到公路上，她感谢她们，把自己的钱包给了他们，摇下后车窗，发动车子，把方向盘打到最右，在轰鸣声中急转、滑过草地，直至从悬崖边飞了出去。

　　一连好几天，我的外祖母把自己关在卧室。她从客厅搬了一张扶手椅和一个脚凳，摆在可以眺望果园的窗边，她坐在那儿，食物被端到她面前。她一动也不愿动。她能听见，即便不是具体的字词和对话，至少听得见厨房里人们的话音，朋友和前来悼念的人在她家里自动组成热心正规的团队，照料诸事。她的朋友都七老八十，爱吃不含蛋黄的蛋糕，爱打皮纳克尔牌。他们分成两三人一批，志愿照看我们，其他人则在早餐桌旁打牌。神经质、盛气凌人的老翁会牵着我们四处走，会给我们看西班牙钱币、手表，和有无数刀片、旨在遇到极端情况时发挥作用的迷你型折合刀，目的是把我们留在他身边，不到可能有车流的小路上去。一位名叫艾蒂的妇人，矮小、垂老，皮肤的颜色和伞菌一样，她记忆力严重退化，无法叫牌，她笑眯眯地独坐在门廊下，有一次抓起我的手，告诉我，在旧金山，在那场大火以前，她住在一座大教堂附近，对面的房子里住着一位信天主教的妇人，她在阳台上养了一只特别大的鹦鹉。当教堂的钟声响起时，那位妇人会用披肩包着头走出来，她会祷告，鹦鹉会跟着她祷告，女人的声音和鹦鹉的声音，连绵不绝，夹杂在丁零当啷声中。过了一阵子，那位妇人病了，或起码不再走到屋外的阳台上，可那只鹦鹉还在，只要钟声响起，它就啭鸣、祷告，轻快地摆动尾巴。大火摧毁了教堂和教堂的钟，无疑也夺走了那只鹦鹉，很可能还包括那位天主教妇人。艾蒂挥挥手，把这一切驱走，佯装睡觉。

五年里，我的外祖母把我们照料得很好。她对我们的照料，如同某人在梦里重新体验漫长的一天。虽然看似出神，但我相信，像做梦的人一样，她感到的不只是眼前事务的迫切性，她的注意力增强，与此同时又为意识到这个眼前已经过去、并已经产生了的结果而困惑不解。更确切地说，对她而言，那想必仿佛回到过去、重新体验这一天，因为就在那儿有某些东西遗落或被遗忘。她漂白鞋子，编织发辫，煎炸鸡肉，掀开床褥，然后骤生惶恐，想起孩子不知怎的已消失无踪，一个都不见了。这是怎么发生的？她怎么没有预料到？于是她漂白鞋子，编织发辫，煎炸鸡肉，掀开床褥，仿佛重演这些日常琐事会使其再度变成纯粹的日常琐事，或是她仿佛可以在自己宁静有序、平凡的人生里找到那个漏洞，那条裂缝，或至少发现某些暗示，告诉她她的三个姑娘会像她们的父亲一样消失得无影无踪。因此，在她看似注意力涣散或心不在焉时，我相信，事实是她察觉到太多东西，缺乏资质把较重要的和较不重要的分拣开来，她的警觉永远不会减退，因为正是她习以为常的事酝酿了这场惨剧。

同样，她想必似乎只有最脆弱、最无当的工具来对付燃眉之急。有一次，她告诉我们，她梦见自己看到一个婴儿从飞机上坠落，她试图用围裙接住那个婴儿；有一次，她梦见自己试图用茶叶过滤器把一个婴儿从井里打捞上来。对于露西尔和我，她照料得细心谨慎，战战兢兢，她给我们十美分的硬币和夹巧克力片的曲奇饼干，仿佛这样可以把我们，把我们的心，留在她的厨房，虽然明知这也许无效。她告诉我们，她的母亲认识一名女子，那名女子在夜晚眺望窗外时，时常见到小孩的鬼魂在路边哭泣。这些小孩，和天空一样乌黑，一丝不挂，在寒风中跳舞，用手背和手掌根擦拭眼泪，饿得发狂，让这名女子为他们倾尽其囊，殚精竭虑。她拿出汤和毯子，汤叫狗喝了，早晨，毯子上沾着露水，一碰未碰。那些孩子像先前一样吮吸手指，抱住两肋，可她以为自己也许在某种程度上取悦了他们，因为他们的数量越来越多，来得越发频繁。当她的姐姐言及，人们觉得每天晚上把晚餐放在外面给狗吃很奇怪时，她理直气壮地反驳，谁看见那些可怜的孩子都会这么做。有时，我似乎觉得我的外祖母看见我们漆黑的灵魂在没有月光的寒风中起舞，给我们送来用深盘烤的苹果派，作为一种好心和绝望的表示。

此外，她老了。我的外祖母不是一个喜爱任何赘物的妇人，所以她的衰老，在进入晚期时，显得颇为惊人。诚然，她的大多数朋友或头一顿一顿、或口齿不清、或陷在轮椅里、或卧床时，她仍腰杆笔挺，行动利落，耳聪目明。但在最后几年里，她持续沉落，开始萎缩。她的嘴朝前噘出，发际线后移，头颅透出粉红色，布满斑点，蒙着一层稀薄疏落的头发，守护她的头，宛如一件变了样的东西留下的形状记忆。她看上去似渐褪去人的光环，向猴子转变。她的眉毛里长出鬈须，嘴唇和下巴上冒出粗粝的白绒毛。当她穿上以前的礼服时，胸襟空空地下垂，裙檐拖到地上。以前的帽子耷拉下来，遮住她的眼。有时，她用手捂嘴而笑，闭着眼睛，肩膀颤抖。在我最初的记忆里，我的外祖母就已上了年纪。我记得我坐在从厨房墙边拉下的烫衣板底下，她一边熨烫客厅的窗帘，一边哼着《罗宾·阿代》。窗帘一帐接一帐落罩在我周围，上过浆，雪白芬芳，我恍惚梦见自己正被藏匿或紧闭起来，我望着电源线晃来晃去，注视外祖母的大号黑鞋，和她穿着橘褐色长袜的腿，像两根粗壮的骨头，看不出线条，因为使力而完全畸形。即便那时她已老了。

我的外祖母有微薄的收入，加上这座房子全归她所有，所以在提前思及将来当她不足为道的个人命数与重大公开的法律和财政程序发生交集时——即，在她死的时候——她总是略感欣慰。围绕她而落实的种种习惯、模式和特性，每个月银行寄来的支票，自她以新娘身份踏进、居住至今的这座房子，环绕庭院三边、杂草丛生的果园，自她守寡以来，园里每年落下个头偏小、虫蛀偏多的苹果、杏和李子，所有这些事物，将突然变成液体，可呈现新的形态。所有这一切将属于露西尔和我。

　　"把果园卖了，"她会说，表情肃穆睿智，"但留着房子。只要你们照顾好自己的身体，有个栖身之所，就可以有起码的平安，"她会说，"但蒙上帝许可。"我的外祖母很爱谈论这些事。谈起时，她的目光会扫视那些她未经思考而积攒起来、出于习惯而保存着的物品，热切得仿佛是来重新认领它们。

　　等时候一到，她的小姑诺娜和莉莉将来照看我们。莉莉和诺娜分别比我的外祖母小十二岁和十岁，尽管同她一样年迈，但她一直觉得她们甚是年轻。她们几近一贫如洗，从一个地下的旅馆小房间换到一座杂乱无章、有芍药和玫瑰灌木围绕的房子，且不论这样的好事，单省下房租，就足以吸引她们留在我们身边，直至我们成年。

2

　　在近五年后的一个冬日早晨，我的外祖母弃绝了苏醒，有人将莉莉和诺娜从斯波坎接来，她们在指骨镇当起家，一如我外祖母所愿。她们的诚惶诚恐，从一开始就显而易见，她们紧张哆嗦地在行囊和口袋里翻寻带来的小礼物（那是一大盒止咳糖——一种她们认为既美味又有益健康的糖果）。莉莉和诺娜都有一头淡蓝色的头发，都穿着黑外套，闪亮的黑珠子在翻领上拼出复杂的图案。她们粗壮的身躯从腰部以上向前倾斜，手臂和脚踝胖乎乎的。她们虽然是老处女，但有一副丰腴的人母姿态，与她们唐突、生疏的抚摩和亲吻形成奇特反差。

　　她们的行囊给搬进屋里，在亲过和拍过我们后，莉莉拨燃炉火，诺娜放下百叶窗。莉莉把几束较大的花挪进门廊，诺娜往花瓶里加了水。接着她们似乎不知所措了。我听见莉莉对诺娜说，离晚饭还有三个小时，离就寝还有五个小时。她们用不安、哀伤的眼神看着我们。她们找出几本《读者文摘》来读，我们则在火炉旁的地毯上玩钓鱼。漫长的一个小时过

去后，她们给我们吃晚饭。又过了一个小时，她们安排我们
上床睡觉。我们躺着，谛听她们的对话，每一句都听得一清
二楚，因为她们俩都耳背。无论当时还是后来，那都好像在
苦心构建和修饰她们之间的共识，如白蚁巢一样错综精细、
整齐井然。

"可惜啊！"

"可惜，可惜啊！"

"西尔维娅年纪不大。"

"她年纪不小。"

"就照看孩子来说，她年纪大了。"

"就辞世而言，她走得早了。"

"七十六？"

"她七十六了？"

"那不算老。"

"不算。"

"在她的家族里不算老。"

"我记得她的母亲。"

"八十八岁还像小姑娘一样充满活力。"

"可西尔维娅的一生比较坎坷。"

"坎坷多了。"

"坎坷多了。"

"那几个女儿呀。"

"事情怎么会落到这般田地？"

"她自己也想知道。"

"谁都想知道。"

"我确信我想。"

"那个海伦啊！"

"喔，小的那个呢，西尔维，怎样了？"

一阵舌头的咂咂声。

"起码她没有小孩。"

"起码就我们所知是。"

"四处游荡。"

"到处打散工。"

"漂泊流浪。"

一阵沉默。

"应该有人通知她她母亲的事。"

"应该让她知道。"

"要是我们能想出办法，知道去哪儿找她就好了。"

"在报上登广告也许有用。"

"可我看未必。"

"我看未必。"

又一阵沉默。

"这两个小女孩呀。"

"她们的母亲怎么就那样撇下她们了呢？"

"没有遗书。"

"一直没有找到遗书。"

"不可能是意外。"

"不是。"

"那位借她车的可怜女士呀。"

"我替她感到难过。"

"她心里在自责。"

有人从桌旁起身，往火里加柴。

"她们看起来是乖巧的孩子。"

"很安静。"

"不如海伦漂亮。"

"有一个头发秀丽。"

"她们不是完全没有吸引人的地方。"

"外貌不那么重要。"

"对女孩子来说当然较为重要。"

"而且她们将不得不自力更生。"

"可怜的人儿。"

"可怜的人儿。"

"我很高兴她们个性安静。"

"哈特维克旅馆总是那么安静。"

"是啊。"

"显然是。"

等她们上床就寝后，露西尔和我爬起来，裹着棉被坐在窗旁，望着几朵云飘过。一轮明月，外面环着一圈预示有风暴来临的光晕，露西尔计划在我们窗下用雪搭一个月晷。窗口的光线亮得可以打牌，可我们不识字。我们彻夜未睡，因为露西尔害怕她做的梦。

那年隆冬，莉莉和诺娜与我们住在一起。她们不习惯做饭，抱怨得了关节炎。外祖母的朋友邀请她们去打皮纳克尔牌，可她们怎么也学不会。由于嗓音粗哑，她们无法参加教堂的唱诗班。在我看来，莉莉和诺娜只乐于做习惯性和熟悉的事，将一天毫厘不差地复制到下一天。这在指骨镇是办不到的，这儿的相识必定是新知，因而引起的反感胜于孤单，在这儿，露西尔和我动不动咳嗽，动不动鞋子穿不下，永无消停。

那亦是个难熬的冬天。雪垒成山，最后，远远高过我们的头顶，覆盖了我们房子一侧的屋檐。指骨镇的有些房子索性让屋顶的积雪压塌了，导致我的姑婆忧心忡忡，不得安宁，她们习惯了砖砌的楼房，习惯了住在地面以下。有时太阳够暖，照得一片厚厚的雪滑落屋顶，有时杉树抖擞，雪像泥土似的咚咚坠落，声音响得惊人，那会吓坏我的姑婆。多亏这恶劣的灾害天气，使我们能够常常去湖上滑冰，因为莉莉和诺娜深信我们的房子会坍塌，若真坍塌时，希望我们至少可以逃过一劫，只要别死于肺炎就好。

不知为何，那座湖成了那年指骨镇一个特殊的快乐源泉。湖水很早就结了冻，并迟迟不化。人们用笤帚清理拓展，扫出几英亩的地方，直至干净的冰面向湖对岸延伸出很远。有人驾着雪橇把雪拢堆到岸上，形成一个陡峭的斜坡，让他们在冰面上滑出好远。岸上放着大圆桶，里面生起火，人们搬来箱子当座椅，或拿木板和粗麻布袋站在上面，围着圆桶，烤熏肉香肠，晾衣夹把结冰的连指手套夹在桶口边缘。很多狗开始把大部分时光消磨在冰上。它们是腿脚细长的幼狗，友好可爱，有自己的主人，因那天气而欣喜若狂。它们喜欢玩追冰星子的游戏，把在湖面上飞速滚动、滑出很远的小冰粒捡回来。那些狗拿自己的体力和速度开起英勇、青春的玩笑，炫耀完全不把自己的四肢安全放在心上。露西尔和我带着冰鞋去上学，这样就可以直接去湖上，在那儿一直待到黄昏后。通常我们会沿着扫过的冰面边缘滑行，循着它的形状，最终抵达最远的边界，我们会坐在雪上，回望指骨镇。

远离湖岸，我们感到晕眩，可那年冬天，湖冻得结实，绝对可以承载指骨镇的全部人口，过去的、现在的和未来的。

尽管如此，只有我们和扫冰的人行出那么远，而只有我们作了停留。

　　隔着如此远的距离，小镇本身似乎变成一样可以忽略不计的事物。若不是岸上的喧嚣、火焰和圆桶上方腾起的一柱柱摇曳的热气，当然还有俯冲、漂移、发出嘹亮勇敢声响的滑冰的人，或许根本不会注意到小镇。屹立在镇后的群山，银装素裹，藏身在苍白的天幕里，湖也封藏了起来，可山与湖的隐没并未使小镇益显突出。甚至，在我们所在的地方，我们可以感受到宽广的湖面在我们身后、在我们两侧蔓延，空旷的寂静，像玻璃般发出清脆的鸣响。那年冬天，露西尔和我练习倒滑与单脚旋转。我们经常是最后离开的那两个，陶醉在滑冰、寂静和冻得人麻木的清新空气中。那些狗会冲出来奔向我们，又吵又闹，见不是每个人都走光了而高兴过头，它们会咬我们的连指手套，绕着我们一圈圈奔跑，搞得我们别无选择，只能离开。当我们横穿冰面，朝着指骨镇滑去时，会感觉夜色紧紧尾随我们，好像梦里的人影。镇上幽黄的灯火是此时世间仅存的安慰，但灯火不多。假如指骨镇的每座房子即将在我们眼前倒塌，熄灭每盏灯火，那么这件事会触动我们的感官，轻巧得如拨弄一下余烬，接着严酷的夜色将逼得更近。

　　我们会找到靴子，脱下冰鞋，那些狗，因我们的匆忙而受到刺激，会用鼻口拱我们的脸，舔我们的嘴，衔着我们的围巾跑开。"噢，我讨厌那些狗。"露西尔会说，并拿雪球扔它们，它们追得益发欢闹开心，用牙齿咬碎雪球。它们甚至会跟我们回家。我们走过数个街区，从湖边回到外祖母的房子，对途经房子里的那些适应了灯火和温暖的昏昏欲睡的人艳羡到炉火中烧。狗把它们的鼻口强塞进我们手里，围住我们嬉闹，咬我们的外套。我们终于回到家，回到那间低矮、位置隐蔽、掩映在果园后的屋子时，不甚惊讶地发现它依旧伫立着，门廊和厨房亮着灯，和我们经过的每盏灯火一样温暖。我们在廊下脱掉靴子，闻到厨房的热气，穿着袜子一拐一拐走进厨房，手、脚和脸都生疼，我们的姑婆坐在那儿，从炖鸡和烤苹果里升起的蒸汽熏得她们满面通红。

她们朝我们局促地微笑，然后互相对视。"小女孩这个时候回家，实在太晚了！"莉莉大胆说了一句，一边朝诺娜笑了笑。她们紧张而胆怯地望着我们，想看看责骂的结果。

"时间过得太快，"露西尔说，"我们十分抱歉。"

"你瞧，我们无法出门去找你们。"

"我们怎么找得到你们？"

"我们有可能迷路，或在路上跌倒。"

"这儿的风真厉害，又没有路灯。他们从来不在路上撒沙子。"

"狗没有拴链条。"

"而且冰冷刺骨。"

"能把我们冻死。就算在屋里都能感觉得到。"

"我们不会再在天黑以后回来了。"我说。

可莉莉和诺娜并没有真的生气，所以也谈不上真正消气。她们感到的只有恐慌。如今我们人在眼前，脸颊泛红，双目炯然，已出现发热症状，或受了致命的风寒，但，或有可能，注定今晚会在睡梦中跌入地窖，压在重达数吨的雪、木条和墙板底下，而在我们上方，邻居在废墟里捡拾引火柴。就算我们可以躲过今年乃至以后的冬天，还会有别的危险，青春期的、婚姻的、分娩的，这一切本就非常可怕，而我们不寻常的过去，会使这份可怕加重多少倍呢？

莉莉和诺娜思虑我们的前途，束手无策，寝食难安。就在那个晚上，当我们正在吃晚饭时，一场异常猛烈的暴风雪袭来，并持续了四天。正当莉莉舀起炖好的鸡肉浇在我们的小面包上时，一根大树枝从苹果园飞来，打在屋子侧面，不到十分钟，某处的电线断了，或是电线杆倒了，整个指骨镇顿时陷入黑暗。这不是一件非同寻常的事。镇上每户人家的食品储藏室里都有一盒粗蜡烛，颜色和土制的肥皂一样，以备这样的时刻。可我的姑婆们默不作声，互相对望。那晚，等我们上床后（脖子上系着涂了止咳药膏的法兰绒布条），她们坐在炉旁，反复琢磨，从未听说哈特维克旅馆有接纳过小孩的先例，连一晚都没有过。

"能把她们带回家就好了。"

"她们会更安全。"

"更暖和。"

她们咂咂舌头。

"我们都可以更舒坦些。"

"离医院那么近。"

"那是一大好处，对孩子而言。"

"我相信她们不会吵闹。"

"她们很安静。"

"女孩子总是这样。"

"西尔维娅的孩子以前也这样。"

"嗯，是的。"

过了一会儿，有人拨弄炉火。

"我们可以找人帮忙。"

"听取些建议。"

"那个洛蒂·唐纳修可以帮忙。她的几个孩子都挺好。"

"我见过那个儿子一次。"

"嗯，你说过。"

"他神情古怪。老是眨眼。手指甲咬得露出了肉。"

"啊，我记得。他犯了什么事，在候审。"

"我不记得具体是什么事。"

"他的母亲从来没说过。"

有人倒满茶壶。

"小孩子很难对付。"

"对任何人来说都是。"

"哈特维克旅馆向来不让他们进门。"

"我理解这种做法。"

"我不怪他们。"

"不。"

"不。"

她们搅着茶，安静不语。

"假如我们是海伦的年纪……"

"……或西尔维的年纪。"

"或西尔维的。"

她们又安静不语。

"年轻人更懂他们。"

"他们没有那么多担忧。"

"他们自己也几乎还是孩子。"

"这是事实。他们不像我们，见过太多而忧虑重重。"

"那是好事。"

"那样更好。"

"我觉得那样是更好。"

"他们喜爱孩子，我相信。"

"那样对孩子更好。"

"在短期内是。"

"我们考虑太多长远的事。"

"而且说不定今晚这座房子会倒塌。"

她们沉默。

"要是我们能有西尔维的音信就好了。"

"或至少有她的消息。"

"这多年来没有人见过她。"

"不在指骨镇。"

"她可能变了。"

"肯定变了。"

"变好了。"

"有可能。人都这样。"

"有可能。"

"嗯。"

"也许来自她家人的某些关心……"

"家庭能起到帮助。"

"责任感可能会有帮助。"

调羹在杯子里转了一圈又一圈，直到有人终于说出，
"……家的观念。"

"那会让她安定下来。"

"嗯，会的。"

"会的。"

于是，一封来自西尔维本人的短笺想必似是天意。那写在
一张软烂的便条纸上，字迹硕大优雅，纸的一边和底部被整
齐地撕去一截，大概是为了矫正纸张和内容之间的比例，因
为信上她只说：

> 亲爱的母亲，我的联系地址仍是蒙大拿州比林斯镇孤
> 落山丘旅馆收转。请速来信。望你一切安好。西。

此前，莉莉和诺娜撰写过一则启事，大意是请凡知晓哪里
可以联络到西尔维娅·费舍的人把消息寄至……和我外祖母的
地址。除此以外，不管怎么写都等同于宣布我外祖母的死讯，
而我的姑婆不能容许让西尔维从报纸的个人分类广告栏里获
悉这样一件事。她们不喜欢报纸，懊恼于任何触及她们自身
或家人的事竟要出现在报上。无疑，实际的讣闻已揉成纸团，
当做存放圣诞饰品时用的防碎衬垫，或卷拢用于厨房引火，

单是这，就足教她们心烦意乱，不过那篇讣闻写得相当感人，备受推崇。外祖母的过世令人回想起那场导致她守寡的不幸。那次火车出轨，虽因本身太离奇而无意义或影响可言，但无论如何是小镇历史上最引人注目的大事，故而深受重视。和这件事有任何关联的人，多少获得几分尊敬。因此，由于我外祖母的死，《时讯报》做了一个加黑框的专页，刊登的照片有摄于通车当天的那列火车，工人把绉纸和花环挂到桥上的场景，以及一名男子，夹在一排绅士中间，经确认他是我的外祖父。照片里的男人一律穿着高领衫，头发从额头一侧平整地梳向另一侧。我的外祖父嘴唇微启，眼睛微微斜睨相机，表情似一副惊讶状。没有我外祖母的照片，也没有提及葬礼的时间。诺娜和莉莉推测，即便有阵怪风把这页加了黑边框的报纸吹到西尔维眼皮底下，她可能也无从得知是自己母亲的死开启了小镇单薄的卷宗档案，不过这页报纸也许本身透出不祥之意，像个坟墓的口子。

虽然报上遗漏了有关我外祖母的至要信息（"他们不会想提到海伦。"莉莉窃声推断道，那是她对此类事的评判），但在人们看来，那仍是一番对她感人至深的悼辞，理应成为我们骄傲的缘由。我只觉惊恐。那向我暗示，大地开了口子。事实上，我梦见自己走在结冰的湖上，冰面像到了春天一样开裂、软化、移位、自行解体。可在梦里，我脚踩的平面结果是由手、臂膀和翻转朝上的面孔交织而成，我每迈一步，它们就跟着移动、复苏，在我的重压下，往低凹处陷落，片刻又还原。这个梦和那篇讣闻联合在我脑中建立起一种信念，我的外祖母进入了另外某个世界，我们的人生漂浮在那个世界表面，轻盈、无形、不可融合，又像水中的倒影一样不可分离。就这样她被带往深渊，我的外祖母，给带入无差别的过去，她的梳子没有了手的温度，同特洛伊海伦的梳子一样。

即使没有收到西尔维的短笺，莉莉和诺娜也已准备写信，通知她亲人过世的消息，请她返家来讨论她母亲遗产的安置和处理。我外祖母的遗嘱里没有提到西尔维。她为我们预作的安排中完全未把她列进去。这开始令莉莉和诺娜似觉奇怪——就算道理上说得通，也分明严苛无情。她们一致赞同，父母应当永远对犯错的子女施予谅解，即便身后亦然。于是，露西尔和我开始期盼母亲妹妹的现身，这带来我们两位监护人满腔负疚的希望，充盈在她们涂了爽身粉的胸口。她应该和我们的母亲一样年纪，也许会因与我们母亲的相像而令我们惊异。她和我们的母亲本一同长大，就在这间屋子里，在我们外祖母的照料下。毋庸置疑，我们吃过相同的焙盘菜，听过相同的歌，因我们的缺点受过措辞相同的训斥。我们开始盼望——即便是不知不觉中——一次实质性的回归即将实现。我们偷听到莉莉和诺娜夜晚在厨房粉饰她们的希望。西尔维在这儿会很快乐。她熟悉镇上的情况——危险的场所，品行可憎的人——能够监督我们，提醒我们，那是她们做不到的。她们开始把选择她们而不是西尔维视作判断失误，但鉴于我外祖母的年纪，她们不愿这么认为。我们觉得她们想必没错。对西尔维唯一能提出的异议是她的母亲把她的名字排除在几乎所有谈话和遗嘱以外。这虽然损害了她的形象，但既没有让我们也没有让我们的姑婆产生任何特别的忧虑。她的旅行也许只是放逐。她的流浪，严格想来，也许无非是一种对单身生活的偏爱，因缺钱而在她身上显得难堪。诺娜和莉莉一直陪伴她们的母亲终老，然后西迁，搬至离哥哥不远的地方，靠卖掉母亲农场得来的钱，独立而独自地生活了许多年。假如她们被赶出家门，剥夺了继承权——她们咂咂舌头——"我们估计也在靠搭铁路货车而漂泊至今。"她们从胸口发出呵呵的笑声，挪了挪椅子。"只是事实是，"一人说，"她的母亲极难容忍选择不婚的人。"

"换她自己也会这么讲。"

"当着我们的面。"

"说过许多次。"

"愿她安息。"

我们十分了解西尔维，知道她只是选择不表现出已婚而已，其实她有充分合法、让她更改了姓氏的婚姻身份。没有一字一句透露过这位费舍先生可能是谁、是什么样的人。莉莉和诺娜选择不理会他的事。她们日渐看中西尔维身上的老处女特质，和她们唯一的不同在于她被赶出了家门，生活没有着落。如果能找到她在哪里，她们会邀请她回来。"然后我们可以做出自己的判断。"收到那封短笺后，她们着手完成信的定稿，谨慎地提议但不许诺，倘若她愿意的话，也许可以接替母亲的管家之职。信一寄出，我们都翘首期盼。露西尔和我争论她的头发会是棕色还是红色。露西尔会说："我确信是棕色，和妈妈的一样。"我会反驳："她的不是棕色。是红色。"

莉莉和诺娜经过共同协商，决定非走不可（她们既有健康的考量，又渴望回到地下室的房间，在由红砖砌成的、笔立的哈特维克旅馆，有挺括的床单和闪亮的银器，患了关节炎的侍者和两名年老的女服务员恭敬和气，对她们的岁数、她们的独居、她们的穷困没有半点微词），西尔维必须回来。

3

　　她们去信叫她回来时仍是冬末，尚未开春，她就到了。她们敦促她在回信以前考虑一下，她们长篇大论、用极尽友好的言辞（这封信花了若干天才写就）向她保证，她们的请求里无催促之意，万一她要回来的话，不管需要多少时间，且务必把她自己的事情安排妥当，然后再回来。后来有一天，我们坐在厨房吃晚饭，她们私下担心她不会回信，记起她过分迷糊、过分专注于自我而有欠一般的周全，又希望她别是病了，就在这时，西尔维敲响了门。

　　诺娜朝门走下去（从厨房通往前门的走廊是个颇陡的斜面，中间用一级台阶略微减缓坡度），身上穿的老太衫和内衣一路滑溜溜地摩擦，窸窣作响。我们听见她喃喃地说："我的天哪！可真冷！你走来的？快进厨房！"随后她的窸窣声和沉重的脚步声沿着走廊回来，此外没有别的声响。

　　西尔维跟在她后面走进厨房，安静中似混合了温雅、鬼祟和自轻。西尔维约莫三十五岁，高挑、纤瘦，有一头棕色的波浪卷发，用发夹固定在耳后，她站在那儿，把散落的头发向后捋平，让自己在我们面前显得清爽整洁。她的头发湿了，双手冻得通红干枯，她光着脚，只穿了平跟船鞋。她的雨衣早不成样子，尺码过大，想必是从长椅上捡来的。莉莉和诺娜对望了一眼，挑挑眉毛。一阵短暂的沉默后，西尔维犹疑地把她冰冷的手放到我头上，说："你是露西。你是露西尔。露西尔有美丽的红头发。"

此时莉莉站起身，握住西尔维的两只手，西尔维屈身接受亲吻。"来，坐到这儿的暖气旁。"她一边说，一边推着椅子。西尔维坐了下来。

"炉子旁可真暖和极了，"诺娜说，"把外套脱了吧，亲爱的。你的身子会暖得快一点。我给你煮个荷包蛋。"

"你喜欢吃水煮荷包蛋吗？"莉莉问，"我可以做白煮蛋。"

"都可以，"西尔维说，"水煮荷包蛋很好。"她解开外套的扣子，把手臂从衣袖里抽出来。"这条裙子真漂亮！"莉莉惊呼道。西尔维用修长的手抚平衣服下摆。那条连衣裙墨绿色，闪着缎子般的光，短袖，宽大的圆领上有一枚胸针，图案是一小束山谷里的百合。她环视了我们一圈，又重新低头看她的裙子，显然对那引起大家的注意感到高兴。"噢，你长得真美，我亲爱的。气色真好。"诺娜说，声音甚响。她的这番话实际是说给她妹妹听的，正如先前莉莉的赞叹是冲她而发一样。她们大声嚷嚷，为的是让对方听个明白，她们谁都无法准确估计自己的音量，谁都认为对方的听力比自己差，所以说话时每人的音量都比原本所需的更高一些。她们共同生活了一辈子，发觉彼此间有一种私下交流的特殊语言。当莉莉瞥一眼诺娜，说"这条裙子真漂亮"时，意思仿佛是，"她看起来神志挺健全的啊！她看起来挺正常的嘛！"当诺娜说"你长得真美"时，意思仿佛是，"也许她会愿意！也许她会留下来，我们可以走啦！"西尔维坐在厨房单调的灯光下，手放在腿上，眼睛盯着手，莉莉和诺娜拖着僵硬年迈的腿踱来踱去，煮荷包蛋，把炖好的李子盛入碗中，脸颊绯红，为彼此的心照不宣而洋洋得意。

"你知不知道西蒙斯先生死了？"莉莉问。

"他肯定年纪很大了吧。"西尔维说。

"你记得一个叫丹尼·拉帕波特的人吗？"

西尔维摇头。

"他在学校比你低一级。"

"我想我应该记得他。"

"喔，他死了。我不知道怎么死的。"

诺娜说："报上登了葬礼的时间，但没有相关报道。我们觉得蹊跷。只有一张照片。"

"还不是最近的，"莉莉咕哝道，"看着像十九岁时的他。脸上没有一条皱纹。"

"母亲的葬礼顺利吗？"西尔维问。

"好极了。"

"嗯，是的，非常顺利。"

两位老姐妹对视了一眼。

"不过，当然，规模很小。"诺娜说。

"嗯，她不想大操大办。可惜你没看到那些花啊！整间屋子都堆满了。我们送了一半给教会。"

"她不要花，"诺娜说，"她会把那称作浪费。"

"她不想办仪式。"

"原来如此。"

一阵沉默。诺娜给吐司涂上黄油，把凝成胶状的蛋轻轻覆在上面，用叉子切开，像对小孩子一般。西尔维坐到桌旁的椅子上，手托着头，吃了起来。诺娜上楼，几分钟后又下来，拿着一个热水袋。"我打点好了，你就睡在走廊尽头的小卧室。虽然有一点挤，但总比吹穿堂风好。床上有两条厚毛毯，还有一条薄一些的，我在椅子上放了一床盖被。"她用烧水壶里的水灌满热水袋，外面包上茶巾。露西尔和我各提起一个行李箱，跟着西尔维上楼。

楼梯很宽，抛过光，有一道厚重的扶手和纺锤形的栏杆柱，似是我外祖父在对自己的木匠手艺信心渐增，有把握用优质材料造出或可视为永久之物时所建的，保存至今。可楼梯的终点颇为怪异，是个像舱门一样的开口，或说活板门，原因是走到楼梯顶端时，正面遇上一堵支撑屋顶必不可少的墙（此前屋顶中部一直轻微下陷），我的外祖父不敢再在墙里开一扇门。他想出一个替代方法，用滑轮和吊窗锤让这扇活板门（在二楼只用作阁楼、用梯子上下时留下的）轻轻一拉就能升起，稍微用力一关又自动合上。（这个设计阻挡了来势汹汹的穿堂风从抛光过的台阶横扫直下，涌入客厅，形成旋风吹进厨房。）西尔维的卧室实际类似狭窄的老虎窗，一道帘子将它与走廊隔开。里面有张小床，堆满了枕头和毛毯，还有一盏小油灯，诺娜一直点着，放在架子上。仅有的一扇圆窗，又小又高，像升到天顶的月亮。梳妆台和椅子在帘外，各据一侧。西尔维在昏暗的走廊里转过身，亲了我们每人一下。"我会买礼物给你们的，"她轻声说，"明天吧，也许。"她又亲了亲我们，然后走到帘后，进了狭小的房间。

一直以来，我时常好奇，对西尔维而言，重返那间屋子是什么感觉，屋子和她离开前也许有所不同，移了位，扎了根。我幻想她用没戴手套的手抓着旅行袋，走在马路中央，扫雪机扫下的雪堆在两边，把路变窄，每堆雪脚下形成的一摊摊雪泥，使马路益发狭窄。西尔维走路时总是垂着头，歪向一侧，带着出神和沉思的表情，仿佛有人在悄悄和她说话。不过她时而会抬头瞟一眼雪，颜色和浓云一样，瞟一眼天空，颜色和融化的雪一样，又瞟一眼因积雪退去而突露出来的各种光滑乌黑的木板、枯枝和残株。

踏进那条狭窄的走廊会是怎样的感觉，里面仍残存着（在我看来似乎如此）一丝呛人的气味，是诺娜舍不得扔掉的葬礼用花所散发的。她的手脚想必暖和得发疼。我记得，她的手红肿变形得何等厉害，放在盖了绿裙的腿上，记得她如何把手臂紧紧夹于两侧。我记得她坐在那儿，在雪白的厨房里，坐在一张木椅上，抚平看似借来的连衣裙，把脚从平跟船鞋里脱出来，娴静端庄，像个怀了孕的处女，承受我们所有人的注视时，当时，她的快乐显而易见。

西尔维抵达的第二天，露西尔和我早早醒来。在每个重大日子的黎明蹑足潜行，是我们的惯例。通常这间屋子会有一个小时或更多时间专属于我们，可那天清晨，我们发现西尔维坐在厨房的炉旁，穿着外套，在吃小玻璃纸袋里的牡蛎苏打饼干。她冲我们眨眼，面露微笑。"关着灯感觉真好。"她表示，露西尔和我急着去拉开关线，撞在了一起。西尔维的外套让我们想到她可能要走，我们准备施展卖乖的高超本领，留住她。"这样岂不更好？"事实上，风正缠着屋子不放，把冻雨掷在窗户上。我们在她脚旁的地毯上坐下，望着她。她递给我们每人一块苏打饼干。"我简直无法相信自己身在这儿，"她最后说，"我坐了十一个小时的火车。山上全是雪。我们只能以蜗行的速度前进，几个小时几个小时几个小时。"从她的话音中明显听得出那是趟令人愉快的旅程。"你们坐过火车吗？"我们没有。"火车的餐车里有厚重的雪白桌布，窗框上拴着小小的银花瓶，你可以单独要一份自己的热糖浆，装在小小的银杯里。我喜欢坐火车旅行，"西尔维说，"特别是客车。改天我带你们一起去。"

"带我们去哪里？"露西尔问。

西尔维耸耸肩，"某个地方。随便什么地方。你们想去哪里？"

我看见我们三人置身在一列所有门都敞开的货车里，连绵的车厢没有尽头——数不清的、快速的、相同的画面，制造了一种既动态又静止的闪烁幻觉，好像早期电影放映机里的图片一样。我们经过时扬起危险的热风，吹碎了野胡萝卜花，然而，一边是噪音、咔嗒声和疾驰的速度；一边，我们却在园子这一端朝那儿飞速蹩去，火车呼啸着不断向前。"斯波坎。"我说。

"哎，有比那更好的地方。更远的。或许西雅图。"没有人说话，"那可是你们以前生活过的地方。"

"和妈妈一起。"露西尔说。

“对。”西尔维把空的玻璃纸袋对折再对折，用食指和大拇指捏出折痕。

“你能给我们讲讲她的事吗？”露西尔问。这个问题提得突然，用的是诱哄的语气，因为大人不愿向我们谈起我们母亲的事。外祖母从不谈论她的任何一个女儿，当有人提起时，她恼火得皱眉蹙眼。我们习惯了那样，但不习惯莉莉、诺娜和所有我外祖母的友人在一听到母亲的名字时流露的遽然窘态。我们打算试试西尔维的反应，可许是因为西尔维穿了外套，一副马上要走的样子，露西尔没有像我们先前约定的，等对她有了更好的了解后再试探。

“哦，她人很好，”西尔维说，“她很漂亮。”

“可她是个什么样的人？”

“她功课很好。”

露西尔叹了口气。

“要描述一个你那么熟悉的人是件难事。她非常文静。她会弹琴。她集邮。”西尔维似乎陷入深思，“我从未认识有谁像她那样爱猫。她总是把它们带回家。”

露西尔移动了一下她的腿，整了整睡袍周围厚实的法兰绒下摆。

“她结婚以后，我就不常见到她了。”西尔维解释道。

“那和我们讲讲她的婚礼吧。”露西尔说。

"哦，那场婚礼规模很小。她穿了一条背心裙，是用带镶边小圆孔的蕾丝布做的，戴了一顶草帽，手捧一束雏菊。那只是为了取悦母亲大人。之前他们已在内华达的某个地方，由治安法官主持结了婚。"

"为什么在内华达？"

"喔，你的父亲来自内华达。"

"他是个什么样的人？"

西尔维耸耸肩，"他很高。长得不难看。但安静极了。我猜他是害羞。"

"他做什么工作？"

"他四处奔波。我猜是销售某种农业设备。可能是工具吧。我其实根本没见过他，除了那天以外。他现在在哪儿，你们知道吗？"

"不知道。"我说。露西尔和我记得有一天，贝奈西拿给母亲一封厚厚的信。"雷金纳德·斯通。"她一边说，一边用淡紫色的手爪轻敲寄件人地址。海伦给了她一杯咖啡，然后坐在桌旁，懒散地拨弄邮票松开的一角，贝奈西悄声讲起一桩婚姻破裂又复合的不光彩丑事，牵涉一位她熟识的酒吧女招待。最后，贝奈西明显看出有她在场、信怎么也不会打开时，终于告辞了，等她一走，海伦把未拆的信连信封撕成四瓣，丢进垃圾桶。她的目光落在我们脸上，仿佛突然记起我们的存在，她预料到我们的疑问，说："这样最好。"那是我们知道的有关父亲的一切。

我可以设想她当时脸上的表情，因突然意识到我们的目光而大惊。那时我觉得我感到的只是好奇，可我推想我之所以记得那一瞥，是因为她看着我，想要找寻的不只是好奇的迹象。事实上，如今我回想起那一幕，有几分惊讶——她在毁掉那封信时既无迟疑也不显得激动，既无犹豫又不慌不忙——和懊恼——只有那封信，再无别的，也没有其他属于他或有关他的东西——还有气愤——他十之八九是我们的父亲，也许想了解我们的情况，甚至介入我们的生活。有时我涌起一个念头，等我日渐长大，在面对她的注视时，能够更好地露出她好似期盼的表情。可显然她当时盯着的是一张我记不起的脸——不像我的脸，如同西尔维的脸不像她的脸一样。也许更不像一些，因为，当我望着西尔维时，她越来越令我想起母亲。其实，在脸颊和下巴的骨架、在头发的质地上，她们是如此相似，以致西尔维开始模糊，继而替换了记忆中我的母亲。不久，那个抬头大惊的人将变成西尔维，从没有她立足之地的回忆的视角打量我。我越来越多是对着这个记忆中的西尔维，露出有意识的受伤神情，明知当我这么做时西尔维不可能知道丝毫有关那封信的事。

当西尔维想起我母亲时，她看到的是什么？一个扎着麻花辫的女孩，一个手臂上有雀斑的女孩，喜欢躺在灯下的地毯上，趴着，脚跟跷在空中，双拳托着下巴，阅读吉卜林的书。她撒过谎吗？她会保守秘密吗？她有没有搔过人痒，捆过、拧过、揍过人，或扮过鬼脸？如果有人向我打听露西尔的事，我会记得她有一头浓密、柔软、纤细、缠结的头发，掩盖了耳朵，如果不护住，那微微窝起的耳朵会冻得发痛。我会记得她的门牙，换过以后的，一颗先长出来，另一颗过了很久才长出来，斗大、参差不齐，还有她特别讲究洗手。我会记得她心烦时咬着嘴唇，害羞时抓挠膝盖，她隐约散发清爽的味道，像粉笔，或像太阳晒暖的猫。

我相信西尔维不只是心有保留。诚如她所言，描述一个人是件不易的事，回忆本是破碎、孤立、无常的，就像人在夜晚透过亮着灯的窗户所瞥见的情景。以前，我们有时望见火车在昏暗的午后经过，缓缓行驶在青灰色的雪中，所有的窗户都亮着灯，里面坐满了在吃东西、在争执、在看报纸的人。当然，他们看不见我们在注视，冬日，到五点三十分，窗外的风景都不见了，假如他们张望，能看见的只有自己的平面镜像映在漆黑的玻璃上，没有黑的树、黑的房子，也没有细长漆黑的桥和幽蓝辽阔的湖面。他们中的有些人可能不知道火车如此小心是在驶向什么。有一次，露西尔和我跟在火车旁朝湖边走去。一场冻雨给雪覆上了一层冰壳，我们发现，等太阳下山后，冰壳厚得可以容我们踩上去。我们追着火车走出约莫二十英尺，中间时不时跌倒，因为包了壳的雪变成起起落落的雪丘，灌木丛和篱笆桩的顶端冒出来，突起在我们没有料到的地方。不过靠着连滚带爬和扶着披棚及兔棚的屋顶，我们成功地与一扇窗户并驾齐驱，那扇窗里有一位年轻的女士，娇小的头上戴着小巧的帽子，脸上妆容明艳。她戴着几及手肘的珠灰色手套，当抬手把一缕散落的头发掖到帽子底下时，圆环形的手镯滑下臂膀。这位女士时常望向窗外，显然被眼前看见的所吸引，可除了露西尔和我手脚并用地紧随在她旁边、气喘吁吁喊不出声外，似乎再无别的东西。我们来到岸边，陆地下沉，桥开始攀升，我们停下，望着她的窗沿想象中桥的弧线，徐徐远去。"我们可以从湖上走过去。"我说。这是个可怕的念头。"太冷了。"露西尔回道。就这样她走了。可我对她的记忆，和我对其他更熟悉的人的记忆一样，既不少也没有不同，我甚至还梦见她，那场梦和实际的情景很像，只是在梦里，桥桩没有因火车的重压而那么摇摇欲坠。

"你们早餐想吃什么？"西尔维问。

"玉米片。"

她冲了可可粉，我们一边吃，一边望着白昼来临。过去的那个寒夜，冻住了融雪，使堆在路边肮脏、风干的积雪变硬了。

"我打算去镇上小转一圈,"西尔维说,"趁马路还没有全变回泥浆前。我很快回来。"她扣上外套,走到屋外的门廊下。我们听见纱门砰地关上。"她应该借一条围巾才是。"我说。"她不会回来了。"露西尔回道。我们跑上楼,穿上牛仔裤,把睡袍的下摆塞进裤子里。我们在屋里穿的拖鞋外面套上靴子,抓起外套,冲了出去,可她已不见了人影。假如她要走,她会去镇上,去火车站。假如不走,她可能还是会去镇上,要不去湖边。可她没戴帽子,既没戴手套也没穿靴子,岸边会非常难走,又冰冷刺骨。我们竭尽所能,踩着冻住的融雪、结冻的车辙和碎冰,以最快的速度往主街走去。"我敢说肯定是莉莉和诺娜叫她走的。"我说。露西尔摇头。她的脸冻得通红,两颊湿了。"不会有事的。"我说。她用衣袖狠狠擦了把脸。

"我知道不会有事,但就是让我生气。"

我们转过街角,看见西尔维在我们前面,站在路中间,朝四五条狗投掷冰块。她会捡起一小片冰,一边在两手间抛来抛去,一边后退,狗追着她不放,在她身后打转、狂吠。我们看见她连续朝一条杂种狗的肋部发起攻击,所有的狗作鸟兽散。她吮吸手指,朝窝拢的手里吹气,然后又捡起一片冰,这时狗回来,再度展开狂吠和围攻。她的动作漫不经心,却能娴熟地击中目标。她没有注意到我们站在远处看她。我们立在原地，直到最后一条狗转身，小跑回自己家的门廊，而后我们继续跟着她，保持两个街区的距离，一直来到指骨镇的闹市区。她悠缓地走过药店、廉价杂货店、干货店，停下脚步，朝每家店的橱窗内张望。接着，她径直往火车站走去，进了站内。露西尔和我走到车站。我们能看见她站在火炉旁，双臂交叉，仔细阅读写在黑板上的到达和出发时刻表。露西尔说："我去告诉她，她忘了拿行李。"我没想到这一点。西尔维看见我们进去时，露出惊讶的微笑。"你把东西落在我们家了。"露西尔说。

"噢，我只是进来取暖。别的地方都没开门。时间还早，你们知道。我忘了这些日子太阳很早就升起了。"她就着火炉的热气搓搓手，"感觉还像冬天似的，不是吗？"

"你怎么不戴手套？"露西尔问。

"我忘在火车上了。"

"你怎么不穿靴子？"

西尔维笑了笑，"我想我应该穿才是。"

"你还需要一顶帽子。你应该搽点护手霜。"

西尔维把手放进口袋。"我想我该留下来，住一阵子，"她说，"两位姑姑年纪太大了。至少，就目前而言，我想这样最好。"

露西尔点点头。

"等咖啡店开了，我们去买点馅饼。然后你们可以帮我选条围巾，或许再挑双手套。"她摸索着从口袋里掏出揉成一小团的纸币和一点零钱，疑惑地看着那些钱，没有点一点金额，"到时看吧。"

"家里有护手霜。"露西尔回道。

九点，我们跟着西尔维来到五分铺，她在那儿买了一条格子围巾和一双灰手套。她花了些时间挑选，花了些时间向收银台的妇人解释自己是谁，虽然西尔维觉得她面熟，可她是镇上新来的，对我们家的事一无所知。当我们回到街上时，阳光温暖地普照。排水沟里流过明晃晃的水。到了人行道的尽头，西尔维无路可走，只能时不时连鞋一同踩进这样或那样的水里。这点困难似乎让她着迷，而没有令她心烦。

"那位妇人教我想起一个人，可我记不起是谁。"西尔维说。

"你在这儿还有朋友吗？"露西尔问。

西尔维笑了出来，"喔，事实是，我在这儿从来没有很多朋友。我们不与他人来往。我们知道每个人是谁，仅此而已。而且我一直离家在外——至今有十六年了。"

"可你回来过几次。"露西尔说。

"没有。"

"你在哪儿结的婚？"露西尔问。

"这儿。"

"那就有一次了。"

"就一次。"西尔维说。

露西尔用靴子踩碎一块雪泥，几点泥浆飞溅到我腿上，我打了她一下。

我们走上通往门廊的甬道。莉莉和诺娜正在厨房，因热气和着急而面泛红晕。

"你们终于回来了！"莉莉说。

"这样的天气出去散步！"

西尔维在门廊里用力脱下泡了水的船鞋，我们脱去外套和靴子。姑婆看见我们穿着牛仔裤和拖鞋，连睡袍都没脱，头发也没梳，遂咂了咂舌头。"啊！"她们说，"这是怎么回事？"

露西尔说："今天早晨，露西和我醒得早了，决定出去看日出。我们一直走到闹市区。西尔维担心，所以出来找我们。"

"哦，你们这两个小姑娘，真教我吃惊。"诺娜说。

"做出如此轻率的举动。"

"希望西尔维好好训斥了你们一番。"

"可怜的西尔维啊！"

"要是只有我们在这儿，准会担心得死掉。"

"有这可能。"

"路上那么危险。我们能怎么办？"

她们端给西尔维一杯咖啡，一盆泡脚的热水，咂弄舌头，显出同情，拍拍她的手和头发。

"唯有年轻才能对付得了小孩子！"

"那是事实。"

"换了我们，只能叫警察。"

"那也许会给她们一个教训。"

两位姑婆匆忙去收拾行李。露西尔打开报纸，翻到填字游戏，从抽屉里找出一根笔，坐在西尔维对面的桌旁。

"符号 Fe 代表的元素。"她说。

西尔维回答："Iron（铁）。"

"怎么不是 F 打头的呢？"

"就是 Iron，"西尔维说，"他们试图让你上当。"

那天傍晚，我外祖母的一位朋友把莉莉和诺娜送回了斯波坎，我们和房子都归西尔维所有。

4

西尔维抵达后的那一周，指骨镇有三天阳光明媚，四天和暖下雨。第一天，冰柱融下的水急流如注，冲得屋檐下的碎石咯咯作响，活蹦乱跳。背阴处的雪颗粒分明，太阳下的雪潮湿软塌，附在但凡它盖住的东西上。第二天，冰柱掉碎在地上，雪大团大团下滑到屋檐。露西尔和我用枯枝把它们拨弄下来。第三天，雪密密实实，极具可塑性，我们堆了一个雪人。我们把一个大雪球叠在另一个上，用锅铲雕刻出一个穿长裙、手臂交叉的女士形象。照露西尔的构思，她应该斜眼睥睨。我跪下，削出裙摆的褶皱，露西尔站在厨房的凳上，勾勒她的下巴、鼻子和头发。不巧，她的裙子比臀部低了几分，手臂交叉在高于胸口的位置。那纯粹是意外——有的地方的雪硬一些，有的地方的软一些，在若干部位，我们必须拍上干净的雪，盖住滚进原本雪球里的黑枯叶——但她的外形逐渐呈现出一种姿态。虽然在每处细节上，她显得粗糙不均，但整体而言，从她的身段可以看出是个立在寒风中的女子。我们仿佛变出一个幽灵。我们脱了外套和帽子，默不作声地塑造她。那是第三个晴天。天空湛蓝，没有一丝风，但随处可闻化雪的潺潺细流声。我们期盼这位女士能保持站姿，直到冻住为止，可结果，正当我们在把她周围灰色的雪踩平整时，她的头往前一倾，掉在地上砸了个粉碎。这场意外夺走了她的一条前臂和一个乳房。我们新制了一个雪球当头，可那压碎了她本已受损的脖子，重荷之下，一侧的肩膀陡然低斜。我们进屋吃午饭，等再出来时，她已剩下人老珠黄的残肢，对此我们谁都燃不起兴趣。

在那样的时候，连日的雨水酿成灾难。下雨加剧了雪的融化，却没有加速地面的解冻。三天后，指骨镇的房屋、栏圈、谷仓和棚舍宛如众多浸了水的、翻了的方舟。小鸡栖息在电话线杆上，狗在街道上泅水。我的外祖母总夸口洪水绝不会侵入我们的房子，但那年春天，水倾泻进门槛，地面的积水足有四英寸深，迫使我们穿着长雨靴做饭洗碗。好几天，我们一直待在二楼，西尔维在梳妆台上玩单人纸牌接龙，露西尔和我在床上玩大富翁。门廊上的木柴摞得很高，所以大部分仍干得可以生火，只是烟很多。柴堆里尽是蜘蛛和老鼠；食品储藏室的帘杆，因帘子下端漫上来的水而不堪重负，严重弯折。开关门时，水波传遍整个屋子，椅子摇晃，厨房柜子底层的瓶瓶罐罐哐啷作响。

下了四天雨后，苍白的天空中露出太阳，火辣辣、教人晕眩，逃到地势较高处的人，乘着划艇回来了。从我们卧室的窗户可以看见他们轻拍自家屋顶，往阁楼的窗户里窥望。"我从未见过这样的情景。"西尔维说。水比天空更加闪亮耀眼，我们眼看一棵高大的榆树缓缓倒落，横在路上。从树冠到树根，有一半隐没在闪亮的光线中。

指骨镇从来不是一个风景迷人的地方。广袤的山水、恶劣的气候，使它宛如一张白纸，加上丝毫感受不到人类历史存在的痕迹，让它一无所有。那场洪水冲倒了数十块墓碑。更教人不安的是，水退去后，坟墓下沉，看起来似有几分像凹陷的胁部或空洞的肚皮。此外，图书馆也淹了水，水有三层书架那么高，导致杜威十进分类法出现巨大缺漏。损失的钩织地毯和带绣花坐垫的脚凳，永无计算。婚纱和相册里悄悄长出真菌和霉斑，我们揭开封面时，皮革在指间化为齑粉，翻阅时飘出刺鼻的气味，和在木板或石块底下发现的味道一样萦绕迂回。指骨镇昔日积聚起的许多东西面目全非，或悉数尽毁，不过，也许因为原本积聚的东西就不多，所以损失也没那么惨烈。

第二天天气晴好。水面风平浪静，倒落的那棵树，没入水中的半截不见了，代之的是留在水上的半截树干和枝条的倒影。一整天，两只猫潜行在枝杈间，用爪子扒玩细小的旋涡和激流。水位开始下降，我们能听见湖因受到重压而发出吱嘎声，湖水尚未解冻。冰还很厚，但那将变成石蜡的颜色，底下是一个个大白泡。在正常天气下，浅处本该可能有一英寸的水覆在冰面上。当洪水全部压上去时，冰层塌陷，呈纤维状，而不是软化或变脆，同时向外扭拧，像未经加工的鲸须一样柔韧，不易断裂。湖承受的巨大痛苦，响彻了一个下午，太阳高照，洪水近乎完美地映出无云的天空，满得像要溢出来，分外平静。

露西尔和我穿上靴子下楼。客厅里一片亮堂。我们从楼梯走到门旁，途中激起一连串错综复杂的细流，贴着地板翻腾。蜷曲交织的光线，组成象形文字，投遍墙壁和天花板。沙发和扶手椅出奇发暗。靠背里的填充物瘪了进去，每块垫子中央都有个浅坑，我们一碰垫子就渗出水。连日来，洪水在那间屋里泡了一种大麻、马鬃和棉浆纸味道的茶，事后那股味道一直残留其中，即便这一刻，我仍记得一清二楚，虽然我从未遇过类似的气味。

西尔维穿着我外祖母的一双靴子，经过走廊，从门口望着屋里的我们。"我们是不是该准备晚餐了？"她问。

露西尔用手指戳戳一块沙发靠垫。"瞧。"她说。当她把手拿开后，脓水消失了，但凹痕仍在。

"真倒霉。"西尔维说。湖上传来益发剧烈的声响，扭拧、相撞、碰击、倾覆，一股向南奔腾的激流，满载着大块碎冰，打在桥的北面。西尔维用脚的侧边推了一下水。一圈波纹向四壁扩散，四面的弧线反射回来，交错融合，排列有序的光线扫过并洒满整个房间。露西尔用力跺脚，直到水，像提在桶里时那样，溅到墙壁为止。厨房里传出沉闷的震荡声，蕾丝窗帘晃动打转，因本身泡了水而垂坠，显得单薄紧实。西尔维抓起我的手，拉我跟她跳了六大步华尔兹。房子在我们周围流动。露西尔拉开前门，她引发的位移，导致门廊上的柴堆一端倾塌，撞翻了一张椅子，一包晾衣夹散落出来。露西尔站在门旁，向外眺望。

"桥听上去像要断了似的。"她讲。

"那可能只是冰。"西尔维说。

露西尔说："我觉得西蒙斯家的房子不在原来的地方了。"

西尔维走到门旁，凝望街道另一端一块发黑的屋顶。"很难说。"

"那些灌木丛原来是在另一边的。"

"也许是灌木丛挪了位置。"

西尔维和我生起闷燃的火，烧水泡茶、冲汤，露西尔把倒落的木头堆好，用笤帚（就是那把我们在取柴火前曾用来使劲敲打木料堆的笤帚，以便吓跑蜘蛛和老鼠，不让它们咬到我们的手指或钻进衣袖，或葬身在炉火里）扫出食品储藏室帘后上下浮动的晾衣夹。莉莉和诺娜，恐于出门购物，又担心被大雪围困或卧床不起，所以事先在食品储藏室里囤积了大量罐头。我们本可以顺利捱过十几场洪水。可教人意难平的是，我们姑婆的杞人忧天竟仿佛成了先见之明。

我们把晚餐端上楼，坐在床上，眺望小镇。在我们看来，西蒙斯家的房子真像被连根拔起了似的。微风拂去水面的光泽，在流浪狗的吠声和一只迷失方向的公鸡的啼叫中，太阳落了下去。湖里传出的咯咯声和嘎吱声未有减弱，夜里听来教人害怕，山中晚风的声响，宛如一口长长的深呼吸。楼下，漫入的水撞击摸索，像个走进陌生屋子的盲人，而屋外，水流淅沥滴答，像贴着鼓膜的水压，像人昏倒前一刻听见的声音一样。

西尔维点燃蜡烛，"我们来玩疯狂八纸牌吧。"

"我不是很想玩。"露西尔说。

"你想玩什么？"

"我想去找点别的人。"

"现在？"

"嗯，明天吧。我们就可以这样蹚水走到地势较高处，四处逛逛，直至找到人为止。一定有许多人在山上露营。"

"可我们在这儿挺好，"西尔维说，"我们可以自己做饭，睡在自己的床上。有什么能比这更好呢？"她洗好扑克牌，摆开，一个人玩接龙。

"我过腻了这种日子。"露西尔说。

西尔维拿起一张尖儿，翻开下面的牌。"这是因为寂寞，"西尔维说，"很多人为寂寞所扰。我以前认识一个女的，因为太寂寞，嫁给一个瘸腿的老头，五年里生了四个孩子，结果这一切都无济于事。后来，她动念想去看望母亲，于是积攒了些钱，带着孩子千里迢迢开车到密苏里。她说，她的母亲样貌大改，若在街上，她估计认不出来。那位老太太看了一眼几个孩子，说在他们身上瞧不出一丝家族遗传的影子，又说：'你给自己累积了悲伤，玛莉。'她当即转身，返回家中。可丈夫怎么也不肯相信她去见的人是她母亲。他认定她是带着孩子离家出走，遇到什么害怕的事，所以回来。自那以后，他再也没有真正对他们其中任何一人表露出深挚的爱意。不过反正，他也活不长了。"

"那些孩子后来怎样了？"露西尔问。

西尔维耸耸肩，"和普通孩子一样，我猜。假如真有孩子的话。"

"我记得你说她有四个。"

"喔，我其实不清楚她到底有没有。我只是在公共汽车上遇见她。她谈遍天下事，我说：'假如你在比林斯下车的话，我请你吃汉堡。'她说：'我不在比林斯下车。'可结果她在那儿下了车。我正翻阅几本在车站长椅上发现的杂志，一抬头，瞥见她站在不到十英尺之外，正望着我。在我抬起目光的那一刹，她转身，朝外面的街道跑去，那是我见到她的最后一眼。她可能是个疯子。我当时心想：'她绝对和我一样，一个孩子也没有。'"

"你为什么觉得她没有孩子？"

"哦，假如她有的话，我为他们感到难过。我曾认识一位时常让我想起她的妇人。她有一个可爱的女儿，那真是教人伤心欲绝的事。她无法把目光从女孩身上移开。她不让她外出，不让她和其他小朋友玩耍。小女孩睡着时，那位妇人给小女孩涂指甲油，把她的头发梳成小髻，然后叫醒她，要和她玩游戏，小女孩若哭闹，那位妇人也会跟着哭。公车上的那个女人，假如像她自己说的那般寂寞，身边必该会有子女相伴。除非她没生孩子，或是法庭夺走了他们。我刚才讲的另外那个小女孩，就是这样的遭遇。"

"什么法庭？"露西尔问。

"兼管未成年人监护事项的特种法庭。法官，你知道。"

"那么，假如法官真的把他们带走，会怎么安置他们呢？"

"哦，把他们送去某个地方。我想是农场或什么吧。"

那是露西尔和我头一回听说政府关心儿童的康乐，这引起我们的警觉。西尔维借着梳妆台上的烛光，翻动、分拣她那沓纸牌，绝对没意识到司法关注的黑影在监视我们大家，和我们自己的影子一样庞大。露西尔和我对西尔维是否会留下来依旧存疑。她长得像我们的母亲，不仅如此，她极少脱去外套，她讲的每个故事都和火车或汽车站有关。但在那以前，我们做梦也没想过有人可能会把我们从她身边带走。我幻想自己假寐，这时西尔维把我棕色的短发梳成金色的长鬈发，仔细将每个小卷垂放到枕头上。我幻想她抓着我的手，拉我跟她跳起狂野的华尔兹，经过走廊，穿过厨房、果园和没有月光的夜幕，我穿着睡衣，差点睡着。正当果园的水开始奔流，离我们而去又朝我们涌来、冲刷树干、溅在我们的脚踝上时，一位穿黑长袍的老翁会从树后走出来，夺过我的手——西尔维深受重创，哭不出来，我惊恐得忘了反抗。这样的分离，我猜，的确会加剧寂寞，让一个人在汽车站变得惹人注目。我想到，若不是有诸多其他人的存在，大部分人在车站都会惹人注目，反之，那些其他人也会一样惹人注目。那一刻，车站里几乎不会有人注意到西尔维。

"你为什么没有小孩？"露西尔问。

西尔维抬起肩膀。"没有机会而已。"她说。

"你想要小孩吗？"

"我一直都喜欢小孩。"

"不，我的意思是，你想要有孩子吗？"

"露西尔，你必须明白，"西尔维说，"有些问题是不礼貌的。我相信我的母亲一定告诉过你这一点。"

"她知错了。"我说。露西尔咬着嘴唇。

"没关系，"西尔维说，"我们来玩疯狂八纸牌吧。我已经把牌备好了。"

我们缺几把椅子，我们要去取摆在灶子顶上加热的砖块，用来抱在腿上、放在脚下，并把变冷的砖拿下去。西尔维用麻布袋装了砖块下楼，露西尔和我各持一根蜡烛。走到过道时，蜡烛灭了。活板门没有关上，从底下吹进一股强大的气流，蜡烛烧不起来。火柴没点到烛芯就熄了。"算了。"西尔维说。她在我们前面蹚着水，往厨房走去。黑漆漆一片。我们摸着墙前行，等到了厨房，里面静悄悄的，只有文火渐趋熄灭的声音和食品储藏室深处水流熟悉、怠惰的窸窸窣窣。

"西尔维？"

"这儿。"她的声音从门廊传来，"我正要取点柴火。我从未见过这么黑的夜。"

"哦，快进来吧！"

我们听见她哗啦、哗啦、哗啦的脚步声。"我真的从未见过，"她说，"好像世界尽头一样啊！"

"哦，我们回楼上去吧。"

可西尔维再次陷入沉默。我们猜她必定是在谛听什么，故也跟着不出声。湖还在隆隆作响，呻吟不断，洪水依旧满溢，一触即发。当我们既不动又不讲话时，根本没有证据证明我们的存在。风和水将声音从任何可以想象的远方原封不动地载来。在剥夺了所有视角和眼界后，我发现自己只剩下直觉，而我的妹妹和姨妈退化成了某些直觉也感受不到的东西。我不敢伸手，怕会摸个空，也不敢出声，怕无人应答。我们全体站在那儿，沉默了良久。

露西尔非常大声地说："我真得受够了。"

西尔维拍拍我的肩膀，"没事，露西尔。"

"我不是露西尔。"我说。

哗啦、哗啦、哗啦，西尔维朝炉子走去。我们听见她把柴放到沥水盘上，把冷掉的砖叠在水池里，把热的装进麻布袋。接着，她握住把手，掀开炉盖，微弱、温暖的火光照亮了她的脸和手，并投射到整个天花板上。她丢进一根柴火，余烬飞迸四溅，炉火逐渐转黄变旺。西尔维一根接一根地往里添柴，直到蹿起火苗为止。我们能看见火焰的缩影映在窗户上。炉上的镍制配件逐渐发红，红彤彤的火光在淹了水的地板上跳跃。然后，她重新盖上盖子，房间里一团漆黑。"别忘了椅子。"西尔维说。我们能听见她把冷掉的砖摆到炉子上方。我们摸索着上楼，每人一手探路，一手拽着厨房的椅子。我们想办法把椅子拖过活板门，让门开着，找到自己的房间，关

070

上房门，点燃蜡烛。过了好几分钟，我们听见的只有楼下寻常的水声。

"我猜她又出去游荡了。"露西尔说。但我们心里都明白，她是又在黑暗中陷入了沉默。

"我们去叫她吧。"我说。

"等一等吧。"露西尔在梳妆台旁坐下，给我们每人发了七张牌。我俩无精打采地玩了两盘，西尔维仍没有现身。

"我去叫她。"我说。我一开门，蜡烛便灭了。我站在楼梯顶大喊："西尔维！西尔维！西尔维！"我好像听到一阵曳步声，微微搅乱了水。我再度下楼，走进厨房，把炉子上的砖移开，打开盖子，释放出火光，可厨房里空无一人。我转入客厅，张开双臂在里面来回走动，什么都没有。"西尔维！"我喊道，没有一丝声响。我往回穿过厨房，走到外面的门廊，被几根散落的木头绊倒，双膝着地。我不得不一只接一只脱下靴子，倒出里面的水。那儿也没有人。食品储藏室里也没有人。只剩我外祖母的房间，我不敢进去，那儿比厨房低三阶。"西尔维？"我说，"你为什么不上楼？"

一阵寂默。"我等会儿上去。"

"为什么不是现在？多冷啊。"

她没有应答。我迈步走下台阶。下到第二阶，我的靴子又进了水，我只好把它们脱掉。我伸开双臂，朝她声音的方向走去，终于擦到她外套的帆布褶皱。她倚着窗户，我能看见她隐约的轮廓，能感觉到玻璃的寒意。"西尔维？"她站着一动不动，宛如雕像。我伸进她的口袋，取出一只冰冷的手，把那只手打开、靠拢，在我的双手间揉搓，可她既不移动也不说话。我伸手触摸她的脸颊和鼻子。一条神经在她的眼皮下跳动，可她却没有动。接着，我抡起手臂，击中她的腰间。那一击打在她外套的褶皱上，发出沉闷的回响。

她大笑，"你为什么这么做？"

"嗳，你为什么不讲话？"

我抓着她的外套，开始把她往门的方向拉。我一直拉，她顺势没有反抗，只是在经过五斗柜时，停步拿起放在上面的砖块袋。我一路拉着她上楼，走进卧室的门。露西尔俯身站在蜡烛旁，窝拢手护住火苗，可火还是熄了。"那是最后一根火柴了。"她说。

"这回轮到你下楼，"我说，"去炉子里拿块木炭来点蜡烛。"露西尔出去，在楼梯上站了良久。

"我去吧，露西尔。"西尔维说。

露西尔几乎是跑着下楼的。我们听见她在走廊和厨房的脚步声，劈劈啪啪，也听见炉旁的动静。她用瓷杯装着木炭回到楼上。我把烛芯贴在木炭上，朝它吹气，屋里重见了光明。西尔维走到梳妆台旁。第三轮的牌已经发好。"你们没等我就开始了。"她说。我们把砖放在地上暖脚，身上裹着棉被，玩金罗美牌。

那些日子里，指骨镇发生了奇妙的蜕变。倘若有人把几块零碎的东西摆在银盘上，端到一个人面前并告知，"这块是耶稣受难十字架上的木片；那块是巴拉巴[1]掉落的一片剪下的指甲；这是从彼拉多妻子床下取到的一小团棉绒，她就是在那张床上做的梦。"那么，正是这些事物的平凡特征，使它们受人欢迎。每个行经世间的灵魂，用手指拨弄有形的事物，损毁易变的，最终走向观看，而不是换取。于是，鞋子磨损了，坐垫坐过了，最后，万事万物留在原地，灵魂继续前行，就像果园的风吹起地上的树叶，仿佛世间除了枯黄的叶片外再无别的乐趣，仿佛风要用那漫天飞舞、积满灰尘的枯黄的苹果叶来装扮自己、覆裹自己、给自己注入血肉，接着又把它们统统扔下，堆在房子一侧，自己继续前行。因此指骨镇，或说露出在明镜水面之上的断壁残垣，像日常的碎片，屹立不倒，引起我们好奇的关注，不知怎的被奉为证据，证明其本身意义非凡。可后来，湖与河骤然开裂，陆地上的水流走了，剩下指骨镇，光秃秃，黑漆漆，歪扭变形，泥浆泛滥。

---

[1] 基督教《圣经》所载一犹太死囚名，经祭司长等怂恿，民众要求赦免此人而处死耶稣。——中译注，下同

小镇的修复全赖镇民的集体努力，堪称典范，我们没有参与其中。我的外祖母不爱与比她年轻的人打交道，向来离群索居。在六十岁以下的人里，她只一贯对我们和送报的男童执礼相待。莉莉和诺娜自然和当地居民鲜有往来，西尔维声言她根本不认识指骨镇的任何人。偶尔，她会说街上的谁像某某人，高度和年龄完全符合，可她只满足于惊叹这样的相似而已。此外，不管出于什么原因，我们全家人亦都个性冷漠。这既最公允地描述了我们的最佳品质，也最委婉地道出了我们最大的毛病。我们自给自足，我们的房子总是这样提醒我们。即便窗户是胡乱开的，即便墙角不成直角，但终究是我外祖父，在对木匠活一窍不通的情况下，亲自动手所建。他明智地把房子造在小山丘上，于是，当别人把淹了水的床垫推出二楼窗户时，我们只需卷起客厅的地毯，搁在门廊台阶上。（沙发和椅子重得无法挪动，所以我们在下面塞入碎布，任其滴了一个星期左右的水。）我们的长辈让我们确信，智慧是家族遗传的特质。我的亲戚和祖先都是富有头脑或才智出众的人，可惜不知怎的他们谁都没有在这个世上飞黄腾达。太书呆子气，我的外祖母说，语中带着酸溜溜的骄傲，露西尔和我，虽然料到失败，却仍不停学习，预防受到非难。纵使我的家人不像我们乐于自称的那般聪明，但那不过是天真的欺骗，我们的聪明与否，对大家无关紧要。人们总是把我们略显拘谨的举止和性喜安静当做希望保持一点距离的表示。这亦无关紧要，我们有自己的心愿。

如今，邻居见我们安然无恙，放了心，感激地接受了几个玉米罐头和青玉米粒煮利马豆罐头，客气而嫉妒地扫视我们屋内相对安适、有序的状况（"我本想请你坐一下，"西尔维总是这么解释，"可沙发里全是水。"），再度跋涉回家。一位年老的绅士来到我们门口，想讨一枝喜林芋的插条，他的喜林芋淹死了，许多妇人来打听猫狗的下落，以为它们可能在我们这儿避难。水退去后，过了两周，人们开始相信我们的房子丝毫未受洪水波及。

5

　淤泥铲走以后，学校恢复上课。指骨镇有一所初中，高大的校舍用红砖砌成。学校以威廉·亨利·哈里森的名字命名，坐落在一大片高低不平的水泥地上，三边围以钢丝网眼栅栏，目的大概是为了截住随风吹来的纸袋和糖纸。教学楼是一栋四方、对称的建筑，窗户很高，必须用长竿来开合。我们在那里做复杂的乘除运算，用粗黑的铅笔在软趴趴的横格簿纸上写功课。露西尔比我低一级，我们在一起的时光只有在自修室和午饭时。那时，我们站在一旁，抱着两肋，回头张望。因为沉默安静，所以人们认为我们温顺听话，我们的成绩既不出众也不落后，所以没人管我们。连续数小时的乏味时光，因偶尔小小的出丑而有所调剂，例如，碰上检查手指甲是否干净。有一次，我被点到站起，背诵诗歌《我死时，听到一只苍蝇嗡嗡叫》[1]。我强忍对学校发自肺腑的厌恶，学会置之不理。那是一种无法纾解的不适，好像断肢发痒一样。在

---

[1] *I Heard a Fly Buzz When I Died*，艾米莉·狄金森（Emily Dickinson）的诗。

外祖母生前的最后一年，我获得年级考勤奖，若不是露西尔的主意，我也许从来不会想到不去上学。可一天上午，有人报告露西尔在历史测验中偷看前座的人。第二天是星期六，但接下来的一个星期，她由于一系列症状而留在家中，这些症状并未引起西尔维的担忧，因为既无发烧，也没有出现食欲不振。缺课三天以上，学校要求出示医生的假条。可露西尔不愿看医生，而且似乎也没真正病到需要看医生，西尔维在给校长的假条中这么解释。"瞧这个。"露西尔说。我们一同走路去学校，露西尔带着西尔维的假条。那是一张饰有花卉图案的信纸，对折了两次。西尔维用流转的字迹在纸上写道，"请原谅露西尔的缺课。她手腕疼，膝盖疼，耳鸣，舌头溃疡，头晕，胃痛，视觉有重影，但没发烧，也没食欲不振。我未叫医生，因为每到上午九点半或十点，她似乎又一切无恙。"

"我们得让她再写张假条才行，"我说，"就说你把这张弄丢了。"露西尔把纸条揉成一个小球，扔在一棵树后。

"假如他们打电话给她怎么办？"

"她从不接电话。"

"那么，他们可能会派人去找她。"

"我相信他们不会。"

"万一他们去了怎么办？"

前景堪忧。西尔维完全不知历史测验的事，我们也没有机会向她解释。露西尔对功课毫不在乎，根本不会因此而作弊，只是倒霉的厄运害她在一念之间写了西蒙·玻利瓦尔，她前面的女孩也写了西蒙·玻利瓦尔，可答案分明是桑塔·安纳将军。这是她们俩唯一出错的地方，所以两人的卷子变成一模一样。露西尔惊讶地发现，老师如此轻易地认定了她的罪状，如此不为所动地信以为真，把她叫到全班人面前，要求她说明卷子为何会一模一样。教露西尔苦恼的是这打破了她的默默无闻。只要一想到学校，她的耳朵就变红。现在，有可能，西尔维会给叫去学校，整件事将再回顾一遍，露西尔将再度受到指控，这次不仅涉及作弊，还有撒谎和旷课。

"我不去学校了。"她说。

"你要怎么和西尔维讲？"

"我不一定回家。"

"你要去哪里？"

"去湖边。"

"那儿很冷。"

露西尔耸耸肩。

"我也去。"我说。

露西尔说："那我们俩都会有麻烦。"

接下来要发生的事似乎出奇地熟悉和自在，我们往回走到铁路旁，沿着轨道朝湖走去。我们期待有人从兔棚后、树后或晾晒的床单后走出来，盘问我们，可一个人也没有。

那个星期，我们每天都在湖边度过。起先，我们试图决定怎么让自己重返学校——这已不再只是露西尔一个人的困境。要给我们两人编造理由，这个问题难倒了我们，到第三天后，理论上，我们俩都需要医生的假条，我们决定，别无选择，只有等到给逮住为止。我们觉得自己仿佛被残酷地从一个不想待的地方给赶了出来，我们不能主动回去，却必须等着有人迫令我们回去。当然，姨妈西尔维对我们的旷课一无所知，所以还要面对她这一关。整件事可怕得教人不敢想下去，各方面的情况随着每一天的流逝而渐趋棘手，最后，我们开始在其中觅得一种令人晕眩又心情沉重的乐趣。在寒冷、沉闷、内疚、孤独和恐惧的联合作用下，我们的感官变得异常敏锐。

那些日子比平时漫长空旷。我们在山水间感到渺小、格格不入。通常我们走的是一小段有遮篷的湖滨，以前那儿是个船坞，六根桩子仍在，上面一般栖息着五只鸥鸟。每隔一段时间，最北端桩子上的鸥鸟会啼叫四声、飞走，其余鸥鸟拍翅往北移动一根桩子。接着，飞走的那只会回来，落在最南端的桩子上。这一连串动作一而再、再而三地重复，夹杂着纯属笨拙、意外的变奏。我们坐在湖滩上，刚刚高过被水打湿的地方，挑拣石子（指骨镇最高纪录里有过一圈或一弯宽达三四英尺的沙地——湖滩边缘多是半粒豌豆大的小鹅卵石）。

这些石子，有的是苔藓一样的菜绿色，有的白皙，像牙齿碎块，有的淡褐色，有的看似像冰糖。再往前，组成的湖滩有上一年留下的草丛，光秃的藤蔓、泡水的叶子、零落的蕨类植物，还有黝黑昏暗、散发麝香气味的休眠的树林。湖面布满平静的波纹，散发寒意，散发鱼的味道。

　　那天是星期四，我们看见西尔维在岸边。她没看见我们。当时，我们正坐在一根圆木上东扯西唠，打发又一个寒冷的小时，我们看见她在湖滩另一端，紧邻水面，双手插在外套口袋里。"她在找我们。"露西尔说，可她只是望着对岸，若有鸥鸟啼叫则仰望天空，要不就看着脚边的沙子和水。我们静坐不动。无论如何，她应该能看见我们。到那时止，我们已基本习惯了西尔维心不在焉的事实，可等着有人来逮我们等了那么多天，她的浑然不觉让我们恼火。她站着，对着湖望了许久，双手深深插在她宽大、灰暗的外套的口袋里，头歪向一侧，身体挺立，仿佛几乎一点不觉得冷。我们听见一辆火车从对岸呼啸而来，接着看见车身钻出树林，驶上桥，滚滚白烟因风而微微倾斜、模糊。隔着如此远的距离，火车显得毫不起眼，但我们齐齐凝望它，也许是被它一往无前的决心所吸引，像麦管上的毛虫一样有条不紊。火车过了桥，发出最后一声长长的鸣笛，就在该是经过我们房子背后时，西尔维开始往回朝桥走去。我们跟在后面，西尔维走得很慢，我们也大大放慢脚步，与她保持一定距离。桥下蹲着两个男人，穿着格子夹克和灰扑扑的黑裤子，她冲他们点点头，彼此似乎愉快地交谈了几句，我们听不见话的内容。她沿着堤岸前行，驻足眺望了桥片刻，然后开始小心地迈过一块接一块枕木，往桥上走去。她步履缓慢，不停地走啊走，直至走到约莫比水面高出五十英尺的地方为止。露西尔和我停下，注视我们的姨妈，她抱拳的手抵着衣袋底部，目光时而投向水面，时而投向天空。风很大，她的外套贴着身体一侧和腿，头发飞扬。年纪较长的那个流浪汉从桥下走出来，抬头看她。

"不关我们的事。"年纪较轻的那个说。他们拾起帽子，沿着湖滨，朝相反方向漫步而去。

西尔维一动不动地立着，任外套在风中翻腾。过了一会儿，她似乎对自己的平衡能力多了几分信心，谨慎地探过桥边，窥望水流拍打桥桩的地方。接着，她抬眼瞥向岸边，看见我们正盯着她。她招手。露西尔说："唉。"西尔维面带微笑，略显匆忙地赶回岸边。"我没想到时间这么晚了！"她嚷着，我们朝她走去。"我以为离放学还有一个小时左右。"

"没放学呢。"露西尔说。

"噢，这么说来，我终究没搞错。一点三十五分那班方才刚驶过，所以想必时间还早得很。"我们和西尔维一同沿着铁轨往家走。她说："我一直想知道那会是什么感觉。"

"是什么感觉？"露西尔问。她的声音微弱、含糊、强作镇定。

西尔维耸耸肩，笑了出来。"冷。风呼呼的。"

露西尔说："你这么做就是为了体验是什么感觉？"

"我想是吧。"

"万一掉下去怎么办？"

"哦，"西尔维说，"我小心得很。"

"假如你掉下去，大家会认为你是故意的，"露西尔说，"连我们也会这么认为。"

西尔维思索了片刻。"我想没错。"她低头瞥了一眼露西尔的脸，"我不是有意教你担心的。"

"我明白。"露西尔说。

"我以为你们应该在学校。"

"这个星期我们没去上学。"

"可，你瞧，我不知道这件事，根本没料到你们会在那儿。"西尔维语气温和，摸摸露西尔的头发。

我们的心仍然非常乱，理由多不胜举。姨妈明显不是一个神志正常的人。那时，我们未把这个想法说出口。它存在于我们彼此心中，化为一种关注，一视同仁地留意她外表和举止的种种细节。首先，这表现为半夜被猛然惊醒，但如何说明吵醒我们的声音，我们从无把握。有时，声音出现在我们脑海，或出现在树林里，但却像是西尔维在唱歌，原因是，有一两次，我们半夜醒来，确凿无疑地真的听见西尔维在唱歌，可翌日早晨，我们对唱的是什么歌产生分歧。我们以为自己有时听见她出了门，结果有一次，我们下床，发现她在厨房玩单人接龙，有一次，发现她坐在后门廊的台阶上，有一次，发现她站在果园里。睡意本身给我们增加了难度。鬼祟的关门声，是风制造出来的，一个小时内可以有十几次。湖上飘来的湿气，可以给任何一栋房子营造空荡的感觉。这样的气流牵引人的梦，一个人自身的恐惧，总是反映在事物固有的恐惧上。例如，当西尔维从桥上俯望时，一定看见了高架桥脚下水中的自己。虽然我们的确努力保持清醒，试图搞清她到底有没有唱歌、哭泣，或出门，可结果还是睡着了，梦到她在唱歌、哭泣，出了门。

其次是她走到桥上去的这件事。如果她没看见我们在盯着她，可能会走出多远？如果风势增强呢？如果就在她静立于桥上之际有火车驶来呢？大家肯定会说，西尔维是自寻短见，我们也不可能知道别有原因——事实上，我们依旧不知道别的原因。试想，在我们注视时，西尔维已经走出很远，远到群山隆起，陆地隐没，湖面高涨，水在她脚下流动、拍打、发光，桥嘎吱作响，摇摆不定，天空飘走，从地球的侧面滑落，那么，她会不会把这个实验更推进一步？再试想，同一个西尔维从湖底跋涉上来，外套浸了水，衣袖湿透了，嘴唇和手指如大理石一般，眼中溢满幽深的水，在阳光的照射下熠熠生辉。她极有可能说："我一直想知道那会是什么感觉。"

星期五，我们待在岸边，望着桥。星期六和星期日，我们和西尔维一同在家。她坐在地上，陪我们玩大富翁，给我们讲那些她略知一二的人的故事，内容细腻忧伤，我们做了爆米花。西尔维似乎对我们的专注感到惊讶和羞怯。她笑话露西尔把五百面额的钞票藏在棋盘底下，笑话她洗社区基金卡太卖力，把背面都洗破了。好几盘，我多数时候被关在监狱，西尔维却飞黄腾达，她好运连连，赠给我们每人三座酒店。

星期一，露西尔和我重返学校。没有人盘问我们。显然，人们认定了我们情况特殊，这教人松了一口气，可那也暗示，西尔维已开始引起人们对她的注意。一整天，我们都盼着回家，到家时，西尔维在，在厨房里，脱了外套，在听广播。时间一天天、一周周过去，一成不变，最后，我们的心思开始转到别的事情上。

我记得西尔维用围巾扎起头发、拿着笤帚在屋里走来走去的情景。不过那是树叶开始在墙角集拢的时节。那些是历经了寒冬的叶子，有的凋零得只剩一网叶脉。夹杂其中的碎纸片，挺括平整，在叶片化为冰冷、棕黑、象征腐烂和重生的汁液后而给分离出来，上面偶有字迹。一张上写着"强国会面"，另一张，本是信封口盖，上面有铅笔写的留言"我想你"，不知出于何人之手。也许是西尔维在扫地时小心不去干扰它们。也许是她在这些飞散的树叶和纸片里感受到隐晦不明的美好，在这儿而不在他处，像这般而非别样。她不可能不察觉它们的存在，因为每次开门，不管是屋里的哪扇门，四下都会响起一阵起落声。我留意到，托起叶片的是某些先于风而抵达的东西，它们依附某种不可感知的气流，比树丛里传出的风声提前几秒。于是我们的房子开始与果园和具体的天气有了精确相同的律动，即使在西尔维管家初期就如此。于是她开始一点一滴，也许在毫无意识的情况下，让房子做好了接纳黄蜂、蝙蝠和家燕的准备。西尔维大谈怎么管家，把所有茶巾浸在一大盆漂白水里，泡了数星期。她清空了几个橱柜，让它们敞开通风，有一次，她冲洗了厨房半边的天花板和一扇门。西尔维相信烈性溶剂的效用，而最相信的是空气。为了流通空气，她打开门窗，也可能是因为健忘而没把它们关上。为了流通空气，在一个阳光灿烂的清晨，她费力把外祖母紫红色的坐卧两用沙发搬到前院，结果就留在那儿，风吹日晒，沙发褪成了粉红色。

西尔维喜欢在天黑后吃晚饭，这意味着夏天，我们很少在十点或十一点以前给打发上床，这种自由，我们始终不习惯。我们花了数天跪在园子里，用锅铲给洋娃娃挖掘洞穴和密道，我的娃娃是个剥去了礼服的光头新娘，露西尔的是格林童话里的红玫瑰，满身污浊，没了眼睛。我们早知自己已过了玩洋娃娃的年纪，但仍尽情搬演着曲折惊险的剧情，身陷罗网，神奇逃脱。傍晚来临，群山在陆地和湖面上投下绵长的黑影，洋娃娃冷得发抖。吹来的风，在日光消失前便冷却了空气中的暖意，挟带冰霜、流水和浓荫的味道，使我们手臂和脖子上的汗毛悚立起来。

那时，我们会抱娃娃进屋，借着茫茫天空中折射的月光，继续在地板上玩，四周围着沙发和扶手椅，夜色开始弥漫屋内，从椅子湿嗒嗒的扶手套上撩起冰蓝色的垫布。就在窗户转为幽蓝之际，西尔维会唤我们进厨房。露西尔和我面对面，西尔维坐在桌子尾端，她正对的窗户，像水族箱的玻璃一样散发寒光，又像水一样歪曲变形。我们一边望着窗户，一边吃饭，谛听蟋蟀和夜鹰，它们那时的叫声总是格外嘹亮。也许是因为处在我们周围光线设定的边界内，也许是因为一种感官乃其他感官的保护伞，而我们已丧失了视觉。

桌上会摆着西瓜皮泡菜和午餐肉，苹果、果酱炸面圈和油炸土豆丝，一块事先切好的奶酪，一瓶牛奶，一瓶番茄酱，还有一叠葡萄干切片面包。西尔维喜欢冷盘，泡在油里的沙丁鱼，用纸信封包着的小水果派。她用手吃东西，轻声和我们聊起她认识的人、她的朋友，我们晃着腿，吃着涂了黄油的面包。

西尔维认识一位名叫伊迪斯的老妇，12月，在搭棚车过山时长眠安息了。当时，除了橡胶套鞋和猎用夹克，她还穿了两条连衣裙、七件法兰绒衬衫，不是为了御寒，西尔维说，而是为了显示自己的富足。她蹬了腿，像林肯一样板着面孔，从比尤特行至韦纳奇，给公费安葬在了那儿。那年冬天啊，西尔维说，特别冷，雪轻得像谷壳。随便一阵风就能把一个小山头吹得光秃秃，雪花飞舞，像烟雾一样居无定所。面对如此严酷的天气，那位老妇逐渐变得刻板认命。一天早晨，她在黑暗中悄悄爬落到货场上，什么话也没说，只留下一枚据悉此前从未离开过她手的珍珠戒指。那粒珍珠很小，像马的牙齿一样发黄。西尔维把那枚戒指收藏在她放发夹的小盒里。

伊迪斯找到她搭乘的棚车，镇定自若地爬进去，列车员正要把冰冷的金属元件轧拢、联结起来。那样的天气里，人踩着的是化石。雪稀少得掩不住沟壑，掩不住大地的坑洞和窟窿，定型于地球上一次的巨变中。可在山里，大部分土壤给轰轰烈烈地埋葬，所有残骸，在大地下一次的隆起中，变成山丘和坟冢。在比尤特，这位老妇仰面躺着，手指交叉，呼吸凝立在她上方。待到韦纳奇时，魂魄走了，驱魔仪式完成。西尔维说，她和伊迪斯一起采过浆果，她们一度都在一家罐头厂打过工。那年冬天，她们俩的一个朋友获用表亲在比尤特的房子。那位老妇坐在火炉旁，吮吮手指（夏天手指上会有擦不掉的糖渍），不厌其烦地讲述昔日的时光。"你永远不知道什么时候可能是你最后一次见到某人。"西尔维说。当记得有我们在场、记得我们是小孩子时，她间或试图让故事富有教益。

有个星期天，西尔维和一个叫阿尔玛的人坐在奥罗菲诺郊外木场的一堆松木板上，等待日出，等待种种惊恐过去，鸟儿忽地从林中蹿起，狗汪汪吠叫。是风，阿尔玛说。风像猎人一样可恶，没有一次面目相同。夜晚，风潜退到动物徘徊下崽的山中，白昼降临前，再度袭来，带着血的味道。"那是鸟儿受惊的原因。"西尔维向我们断言，因为她从未见过日出时鸟儿不率先蹿起、大声发出它们能有的警告。

距铁轨一百码处有个卡车休息站。窗口亮着灯，她们能隐隐听见《艾琳》的旋律。公路更远端有间收容所，周围是收容所休耕、隔离的田地，西尔维和阿尔玛有个共同的朋友在里面，那一刻她们本都希望见到她，只是她动不动就拉下自己的长发遮住脸，生气地落泪。

不过等阳光出来后，树林不再漆黑，天空不再冰冷、高远、粉红，这时，在那儿打盹惬意极了，木板吐露阵阵清香。有只猫发现她们，在西尔维的腿上躺了一会儿。阿尔玛从小餐馆带回热狗。她们一遍一遍唱着《艾琳》，像是唱给自己听。"旅途中，"西尔维总说，"星期天是最美好的时光。"

西尔维搬到了楼下，住进我外祖母的房间。那间房与厨房不相连，比房子那一侧的其余地面低三个台阶。里面有玻璃双开门，通向葡萄藤架和果园，藤架倚房而建，好似披棚。虽然那不是一个明亮的房间，但夏天，满室青草、泥土、繁花或果实的芬芳，还有蜂鸣。

房间里陈设简单。双开门旁有一个衣橱，窗下有一个柜子，两者都是我外祖父打造的，从衣橱前方的支腿和柜子左侧的支腿比后方或右侧的支腿高出几分便可看出，为的是抵消地板的坡度。床的两条腿立在楔形木块上。三件家具全漆成奶白色，要不是我的外祖父曾在上面绘图点缀，它们本会毫不起眼。衣橱的门上以前似乎是一幅狩猎图，裹了头巾的骑士置身于山腰间。床头，他画了一只孔雀，身形像母鸡，有翠绿的尾羽。五斗橱上他绘了一个花冠或花环，持在两个小天使的手里，天使漂浮在太空中，身后拖曳着华服。每幅图案都经过深思熟虑，刻画得淋漓尽致，但经年累月，白油漆吸收了这些图案，使之恰好浮散在表面下方。那总让我想起照片、倒影，在永无图像的地方，在大理石里，在我手腕纵横交错的青筋里，在海贝壳排布着珍珠的内壁里。

　　我的外祖母，在柜子最底的抽屉里，收藏了一批物件，有纪念品、麻线团、圣诞蜡烛和单只的短袜。露西尔和我以前常翻查那个抽屉。里面的东西散漫、五花八门，却又摆放得整整齐齐，让我们觉得在这整套藏品背后也许包含了某种重大的深意。我们注意到，例如，那些短袜似乎全是没穿过的。有个小酒杯，里面放了两颗铜纽扣，那似乎妥当合宜。一个褪了色的天使蜡像，散发月桂果的味道，一块黑色的天鹅绒心形针垫，放在一个盒子里，盒上刻有一家旧金山珠宝商的名字。有一个装满旧照片的鞋盒，每张照片背后有四小块黑色的毛毡纸，它们显然是从一本相册簿里揭下来的，因为格外重要，或因为格外不重要。没有一张照片里的人或地方是我们认识的。许多拍的是西装革履的男士，排在玫瑰花架前。

　　在那个盒子里，我找到一页纸，是一本看似分明非常重要的手册的第二页。纸张光滑厚实，和《国家地理》的用纸一样，又像信一般折成三折。页面最上端印着"仅河南省的数千万人"。下面是一组照片。一张里，一个赤脚男孩站在烈日下，眯眼对着镜头。一张里，一个赤脚男人蹲靠在一面墙上，脸掩在一顶大帽子的黑影里。一张里，一个年轻女子用茶杯喂婴儿喝东西。第四张拍的是三位老妪，站成一排，手放在眼睛上方遮阳。第五张拍的是一个乜斜的女孩和一头瘦削的猪。猪没有面朝镜头。页面底下用斜体字印着"我要叫你们得人如得鱼一样。"[1]这份资料向我完满地说明了姨妈莫莉离家的原因。即便今日，我仍一直想象她在某艘小船低矮的船舷旁探身，划过白浪滔天的上空，抛下渔网。她的渔网会拂掠这转动的世界，像草原上的风一样不留痕迹。她开始收网时，也许在衣冠楚楚的绅士、瘦削的猪、年迈的妇人和单只短袜都一窝蜂升天、震惊尘世之际，她会把渔网拉拢，不费吹灰之力，直到全部重量聚成一团，刚好位于水面以下。最后一拉，使出无穷的力量和从容，捕到的鱼散落进船里，喘着气、表情惊异，在益发稀疏的光线下闪现出霓虹。

这样的渔网，这样的捕捞，将终结一切反常现象。倘若那扫遍了天堂之底，那么最后，必然也会扫掠黝黑的指骨镇镇底。我们无法不幻想，从那儿浩浩荡荡升起一群旧石器时代和新石器时代的湖中常客——采浆果的人、猎人、迷途的孩子，从那时和此后的千古万代算起，直至刚过去的现在；至那位从事信仰疗法的女士，身穿白长袍，把船划出四分之一英里外，试图在日出时分重新走回来；至那位农夫，有一年春天他拿五美元和人打赌，相信冰依旧坚实得可以让他策马过湖。除了他们，再加上游泳的人、坐船的人和乘小划子

---

[1] I will make you fishers of men，原话出自《圣经·马太福音》第4章第19节。

的人，在如此拥挤的人潮中，我的母亲似乎难以引人瞩目。那将掀起一场大规模的重新认领活动，掉落的纽扣、放错的眼镜，邻居和亲属，直至时间、失误、事故，一应勾销，世界变得可以理解、完整无缺。西尔维说，其实莫莉是去一家教会医院当记账员。大概是望见鸥鸟飞翔，像火花在拖着雨水横越湖泊的云朵表面攀升，才使我幻想这样的壮举也许会成功。或是因为看见小虫子爬出草丛，看见某片丢弃的树叶在风尖闪光。升天在那样的时刻似乎成了自然法则。若再添加一条完成法则——即，最终必须使万事万物都变得可以理解——那么，我幻想中姨妈曾从事的某项像那样的普遍营救工作将无可避免。我们的思绪为何转向某个手势，转向衣袖的滑落，转向一个特定、平凡的下午的房间一角，即使我们在熟睡，即使我们老迈得放弃了思考别的事务？若不是为了最终能织缀起来，这所有碎片的意义何在？

有西尔维，我心满意足，因此，当我发觉露西尔开始用冷静、平视、铁了心的眼神打量别人时，大吃一惊，那眼神，宛如从一艘徐徐下沉的船上，打量不远的湖岸。她拔光蓝色平绒芭蕾便鞋脚趾上的亮片，那是西尔维在抵达后的第二年春天买给我们上学穿的鞋。虽然路上的淤泥仍有数英寸之高，在车轮碾过的辙迹两边像花色肉冻般晶莹透亮，可我喜欢极了那双浅口便鞋。春日里，水从接缝处滋滋渗进的感觉，沁人心脾，即使在大太阳下，一点点微风也会竖起我们手臂上的汗毛。

那些日子，倘若用木棍撬开泥土，会发现大批聚合的冰条，纤细如针，像泉水一样纯净。这一精密的结构，在我们避开路面和水坑期间支承我们的重量，直到冬天的整体溃决来临。这般精巧的即兴之作总归会溃败。很快，我们每迈一步，鞋子就进一次水。到那时，鞋底已基本不见。西尔维从来不买质量最好的东西，不是因为她吝于花钱（不过，由于钱是我们的，她花起来战战兢兢，甚至偷偷摸摸），而是因为只有廉价杂货店里能买到符合她喜好的稀奇古怪之物。每当西尔维出门购物时，露西尔便咬牙切齿。

我也一样，因为我发现，随着露西尔的改变，和她保持一致的态度不无裨益。她属于普通人。尚未到来的时刻——本身乃一种反常现象——对她而言真实得无以复加。那是吹在她脸上的一股强风；假如由她创造这个世界，那么每棵树都是弯的，每块石头都已风化，每根树杈都被那恒定不变的逆风吹得光秃秃。露西尔看出每样事物均有可能变得惹人反感。她要精纺毛线织的连指手套、棕色的牛津鞋、大红的橡胶雨靴。褶裥松垮了，亮片掉了，缎面怎么也洗不干净。西尔维买回家给我们的漂亮小巧之物，没有一样得以维持该有的寿命。

西尔维，站在她的立场，永远活在美好的现在。对她而言，事物的衰败始终是新奇的意外，失望不是用来流连的。天鹅绒的蝴蝶结和塑料皮带，雾化器和金色的梳妆用品套装，带扇形花边的尼龙手套和有马海毛镶边的短袜，虽然用一天或一个星期后可能就残损失灵，但不管怎样，西尔维仍总带给我们奇珍异物。

6

随后而至的夏是名副其实的夏天。春日里我已开始察觉露西尔忠于的是另外一个世界。伴随入秋，她展开紧张而炽热的行动，让自己适应那个世界。中间几个月，无疑是我人生中最后一个，或许也是第一个真正的夏天。

那个夏天很长。3月底，天气一没那么严酷、可以逃学后，露西尔和我就没再去上学。为不教西尔维为难，每天早晨我们穿上校服，朝学校的方向走一个街区。在铁轨与马路相交处，我们沿着轨道，那里通往湖边和铁路桥。流浪汉在岸边筑巢，正好位于桥的影子里。外祖母为培养我们的警惕性，曾告诉我们，小孩子若太靠近火车，会在站的地方叫突如其来的蒸汽烫死；流浪汉惯于把小孩子飞快掳到他们的外套底下，劫走他们。因此我们只远远望着那些流浪汉，他们难得瞧我们一眼。

我们穿着格子连衣裙、奥纶毛衣和平绒鞋，他们穿着西装外套，竖起残余的领子，扣拢翻领，大家也许本都是某艘失踪的游船的幸存者，给放逐到了孤岛上。单是我们和他们，也许本可以躲过某辆流线型火车、某架公务或民用飞行器造成的破坏。露西尔和我也许本是一户人丁兴旺的家族中的两员，动身去探望在勒普怀伊的祖母。他们也许本是巡视的立法官或伴舞乐队的成员。如此一来，我们出现在那儿，在一个严寒的早晨，穿着褴褛不合身的衣衫，无言望着水面，便完全是可以理解的。事实上，我考虑过想告诉他们，我们的外祖父还躺在火车里，一辆在我们出世前很久滑入湖底的火车。或许我们都在等待一次复活。或许我们期盼一辆火车跃出水面，先是挂在最末的守车，仿佛电影里的倒带，接着火车继续驶过桥。乘客将安然抵达，比出发时更康健，习惯了湖底，对重见阳光表现得沉着安详，他们在指骨镇的车站下车，一脸镇定，平复了友人的惊愕。假如这次复活的覆盖面之广，包含了我的外祖母和母亲海伦。假如海伦用冰冷的双手撩起我们颈背的头发，从手袋里掏出草莓给我们。假如我的外祖母用毛茸茸的双唇轻啄我们的额头，然后他们一起沿马路，朝我们的房子走去。我的外祖父年纪尚轻，身形伟岸，怎么也插不进她们的对话，像个难处的故人，或幽灵。然后露西尔和我可以跑去树林，留他们叙旧，做三明治当午餐，交换各自的点滴印象。

当有关我们连续数日数周没去上学的信笺送到西尔维手中

时，她会写张假条，大意是，因女性青春期的不适而引起病痛。这些假条，有些她寄了，有些没有。当时我认为，鉴于她大多数时候一派老实厚道，在这件事上她撒的谎枯燥乏味。可也许她告诉他们的只不过是她忘记告诉我们的。当时的露西尔动不动发怒、喊痛、哭泣。她的衣服开始变得束缚紧绷，让她苦恼发火。她娇小、乳头初发育的胸部，令她无地自容，令我充满警惕。西尔维的确告诉过我一次，露西尔会比我早熟，因为她有一头红发，结果真的发生了。她变成一个矮小的女人，而我则变成一个高大的小孩。刺痛、生疼的感觉，促成生殖力的聚合，新颖、不可避免的节奏，都是我绞尽脑汁想象出来的产物。

我们走入林中。夹在两座小山深处，有个废弃的采石场，我们喜爱装出是我们发现了它的样子。四处，石头叠成垂直的石柱，呈六边形或八边形，高度和凳子或桥墩一样。每个石堆中央阳光乍现，形成几个同心圆，隐约的线条颜色如铁锈。我们将这些视为古文明的遗迹。如果走到采石场顶端，我们可以踮着脚，缓慢爬过正面，沿一道斜缝，下行到四分之一处，直到遇上一个浅洞，刚好可以容我们两人坐进去。我们中间隔着一丛浓密的荒草，总是经受风雨、粗粝，我们抚弄拔扯，仿佛那是老狗的毛皮一般。假如我们从那儿摔下去，谁会找得到我们？流浪汉会找到我们。熊会找到我们。

没有人会找到我们。露西尔会唱道，赤红的旅鸫衔来草莓叶。采石场脚下有座废弃的矿山，有人曾在那儿寻金觅银。如今只剩一个圆圆的黑洞，开口和小水井一样大，植被蔓生，周围全是杂草，我们分辨不出边界到底在哪里。矿山（我们只能目视和往里面扔东西）和洞穴，是巨大而吸引人的恐惧。

树林本身让我们感到不安。我们喜欢小片空地，草木烧尽、长出野草莓的地方，在那样的地方，人们遇到湿润、泛黄的光线，显形为毛茛。（那些山里，毛茛稀少、细嫩、明艳、光洁，大朵开在低矮的茎秆上。人们把它们连土一同掘起，像捧着奖杯似的带回家。报纸颁奖给最早挖出的几株。到了花园里，它们凋零死亡。）可幽深的树林昏暗崎岖，像老房子的客厅，弥漫着自身的气味。我们会走在那些粗壮的腿中间，听见头顶上方陶醉不绝的细语，像参加葬礼的孩童。

我们——回想起来，我可以毫不犹豫地说，那整个夏天，露西尔和我几乎一条心，虽然她老是烦躁、发脾气——总在林中待到傍晚，如果天气不是寒冷刺骨，我们便在岸边往水中掷石头，掷到天黑为止。有时，我们在离开时嗅到流浪汉的晚餐——有点像鱼，有点像橡胶，有点像铁锈——不过，并不是在家享用晚餐的快乐，诱我们回到属于西尔维的房子。而是寒意逼得我回家，是夜色让露西尔得以在无人注视的情况下穿过指骨镇破败的郊外。准确地说，露西尔跟我去树林，是为躲避别人的注目。我个人感觉，外界的目光像一面哈哈镜，把她压得滚圆，把我拉得瘦长。我亦认同，对于一个如此无礼坚持的玩笑，不妨回避。可我去树林，是为了树林本身，而对露西尔来说，似乎日渐像是在那儿忍受一种放逐。

等我们真正到家时，西尔维自然也在家，享受傍晚的时光，她这么解释自己坐在黑暗里的习惯。傍晚是她一天中特别的时光。她把这个词划分成三个音节，而其实，在我看来，她那么喜欢傍晚，是因为傍晚具有安抚、柔化的特性。她似乎不喜欢用满屋的灯光来抵抗天地的黑暗，造成失衡。屋里的西尔维多少像船舱里的美人鱼。她更喜欢让屋子沉没在其本应将之排除在外的元素里。我们的食品储藏室里有蟋蟀，屋檐里有松鼠，阁楼里有麻雀。露西尔和我踏进门，从纯粹的黑夜步入纯粹的黑夜。

天冷时，当我们到家之际，西尔维总已在厨房的炉子里生好火。她会旋开收音机，一边温馨地哼歌，一边给我们热汤，烤三明治。倘若她斥责我们回来得太晚、穿着校服玩耍、没穿外套在外面的寒风中逗留，那是件令人高兴的事。

那年夏天的一个傍晚，我们走进厨房，西尔维坐在月光里，正等着我们。餐具已摆好，我们能闻出培根已经煎过。西尔维走到炉旁，开始在平底锅边上磕开鸡蛋，让它们嗖的落在油脂里。我明白这份沉默的意味，露西尔也明白。那意味着在一个如此平静的夜晚，在蓝色的幽光里，在满耳昆虫的叽叽喳喳、肥胖的老狗拽拉链条的撞击摩擦和邻居庭院里的丁当铃响中——在这样一个无边无垠、隐隐发光的夜晚，我们该用更灵敏的感官去感受周遭的一切。就像，例如两个人，一人静静躺在漆黑的屋里，却知道另一人何时是醒着的。

我们坐着，谛听刀具的碰擦声，西尔维给吐司涂上黄油，堆成一叠；我们的脚后跟，以柔和缓慢的节奏，与椅腿碰撞；眼睛，透过变形、鼓泡的窗户，盯着外面更亮的黑暗。这时，露西尔开始抓挠手臂和膝盖。"我肯定是碰到什么东西了。"她说，然后站起，拉了一下吊灯的开关线。窗户一黑，杂乱的厨房仿佛霍然冒将出来，与先前的情景形成天壤之别，好似今世和原始的黑暗世界一样遥远。我们看见，吃饭用的盘子是洗涤剂盒子里附赠的，喝水用的是凝胶玻璃杯。（西尔维把她母亲的瓷具装进箱子，堆在炉旁的角落——她说，万一真正需要时可用。）露西尔吓了我们大家一跳，屋子里豁然洒满光，让成摞的锅碗瓢盆显形，两扇柜门已与铰链松脱，靠装瓷具的箱子顶着。桌椅、橱柜和柜门此前漆成浓郁的白色，一层覆一层，一年接一年，可如今，最后一层也成熟发黄，像变质的奶油。到处都有油漆剥落破损。一大片烟熏的黑影，隐约爬上墙壁，布满炉子上方的天花板，火炉管上和橱柜顶部粘着厚厚的灰尘。最教人沮丧的大概是露西尔桌子那边的窗帘，有一次因为生日蛋糕摆得太近，起火烧掉了半幅。西尔维用一本过期的《好管家》杂志扑灭了火焰，却始终没有更换窗帘。那是我的生日，蛋糕是个惊喜，还有粉红的奥纶开衫，抵肩处缀有仿造的小粒珍珠，此外还有育儿袋里装着海杉木的陶瓷袋鼠。西尔维对这件事意兴盎然，窗帘也许唤起了她的回忆。

灯光下，我们惊惶失措。露西尔又猛地拉了一下开关线，力道之大，线头上的小铃铛弹到天花板，随后我们不自在地坐在一种夸张的黑暗中。露西尔摇晃起她的腿。"西尔维，你的丈夫在哪儿？"

沉默的时间比耸肩所需的稍长一点。"我看他未必知道我在哪儿。"

"你们的婚姻维持了多久？"

西尔维似乎对这个问题略感震惊，"嗨，露西尔，我现在还是已婚之身。"

"既然如此，那他在哪儿？他是海员？他在坐牢？"

西尔维笑了起来，"你把他说得神秘兮兮的。"

"所以他没在坐牢。"

"我们失去联络已有一段时间。"

露西尔故意大声叹了一口气，晃动双腿，"我不相信你有过丈夫。"

西尔维泰然地回道："随你怎么想，露西尔。"

这时，食品储藏室里的蟋蟀又叫了起来，窗户泛着光，坏损的桌子和桌上摆放的杂物，皆呈现冷冽的佛青色，杂乱无章的日常生活，置于一艘沉船的甲板上。露西尔又叹了口气，同意不开灯。西尔维如释重负，我也一样。"我的丈夫，"西尔维说，作为和解的表示，"我在他服役时遇见他的。他在太平洋上打仗，实际的工作是修理汽车和各种东西。我可以找张相片……"

起先露西尔猜想我们的姨父在战争中丧了生或失了踪，西尔维因伤心而神志错乱。有一阵子，她原谅了西尔维的一切，直到西尔维，在屡次被追索她丈夫的相片后，终于拿出一张水手照，那是从杂志上剪下来的。从此，露西尔再也不原谅她任何事。她坚持晚饭时必须开灯，她找出三套瓷具，开始要求吃肉和蔬菜。西尔维把买菜的钱给了她，至于自己，她把咸饼干揣在口袋里，晚上一边散步一边吃，撇下露西尔和我在亮灯的厨房，窗户黑漆漆，什么也看不见。

在管家方面，西尔维还有别的惹恼露西尔的地方。例如，西尔维的房间保持了我外祖母离去时的原样，但壁橱和抽屉几乎是空的，西尔维把她的衣服，乃至发刷和牙粉都放在床底下的一个纸板箱里。她睡在床罩上面，盖一条被子，白天，她把被子也塞到床底下。这些习惯（她总是和衣而睡，起先连鞋也不脱，后来，过了一两个月后，把鞋子放在枕头下）明显是游民的习惯，触犯了露西尔的分寸感。她会揣测，学校里有些精心打扮、时髦洋气的女孩，那些她仅叫得出名字、境遇上绝无可能有交集会让她们窥知我们生活中这些细节的女孩，假如看见我们的姨妈把脚搁在枕头上（她经常倒过来，头睡在低处，当做一种治疗失眠的方法）会作何感想。露西尔有个手帕交，叫露赛特·布朗尼，她对她既畏惧又崇拜，不停幻想自己透过她的眼睛看待一切。这些假想的非难，令露西尔苦恼受伤。有一次，因为天气暖和，西尔维把被褥和枕头搬到外面，睡在草坪上。露西尔的脸涨得通红，眼中噙满泪水。"露赛特·布朗尼的母亲送她去斯波坎上芭蕾舞课，"她告诉我，"所有服装都是她母亲亲手缝制的。现在，她送她去那不勒斯学指挥。"诚然，这样的比较让西尔维相形见绌，然而，她睡在草坪上，偶尔睡在车里，她对各类报纸的兴趣，不问日期，她用猪肉菜豆罐头做三明治，这些令我感到放心。在我看来，假如她可以在这儿照样过着流浪的生活，那么就不一定要走。

露西尔痛恨一切无常的东西。有一次，西尔维带着她在火车站收集的报纸回到家。吃饭时，她告诉我们，她遇到一位女士，聊得很愉快，那位女士藏身在车厢下的牵引杆上，从南达科他州来，途经这儿，准备去波特兰，看她表哥被绞死。

露西尔放下叉子，"你为什么和这种烂人扯上关系？真丢脸！"

西尔维耸了耸肩，"我没有扯上关系。她甚至没法来吃晚饭。"

"你请她了？"

"她担心错过要转的车。他们绞死人时总是动作迅速，绝不延搁。"露西尔把头枕在手臂上，一语不发。"她是他唯一的亲人，"西尔维解释，"除此以外，只有他父亲，就是那个被勒死的……她能来，我觉得很感激。"一阵沉默。"我不会用'烂人'这个词，露西尔。她可没有勒死人。"

露西尔没有说话。西尔维未得要领。她不可能知道，露赛特·布朗尼的母亲放下了手中的针线活，抬起头（露西尔告诉我，当时她正在绣擦碗碟的餐巾，那是给露赛特的嫁妆），表情惊愕困惑。神志清晰稳定的人会对这样的故事作何反应？此时的露西尔扮演着中间人，夹在西尔维和那些俨然却专断的仲裁人之间，他们不断对我们的生活指指点点。露西尔大概会说："西尔维不明白，没有人和离地十二英寸、仰天飞驰几千英里，而且是去看一场绞刑的人交朋友。"露赛特·布朗尼的母亲也许会说："无视法律不可原谅。"露赛特·布朗尼会说："无视法律是犯罪，妈妈！"有时，我觉得露西尔试图以调解人的身份疏通审判我们的法官，她可能会说："西尔维没有恶意。"或"西尔维像我们的母亲。"或"西尔维梳头时样子美极了。"或"西尔维是我们唯一的亲人。她能来，我们觉得很感激。"在说出口的同时，露西尔想必明白这样的说辞是多余的。她本身怀着同情看待西尔维，但既不宽恕也不容忍。有一次，露西尔和我在去邮局途中看见，在纪念阵亡战士的休闲小公园里，西尔维躺在长椅上，脚踝和手臂分别交叉，脸上罩着一张报纸。露西尔踏进丁香花丛。"我们该怎么办？"她气得脸色煞白。

"我想，叫醒她吧。"

"你去叫醒她。快！"露西尔拔腿，朝家跑去。我走到长椅旁，掀起报纸。西尔维面露微笑。"真是意想不到的惊喜，"她说，"我也有个惊喜。"她坐起，在风衣口袋里摸索，掏出一块山牌巧克力。"你还爱吃这个吗？瞧，"西尔维一边说，一边把报纸摊开在腿上，"这儿有篇文章，讲俄克拉荷马州的一位妇女，在飞机制造厂失去了一条手臂，可她依旧靠给人上钢琴课，抚养了六个孩子。"西尔维对这名女子的兴趣，让我感受到她的宽厚，"露西尔呢？"

"在家。"

"哦，那就好，"西尔维说，"我很高兴有机会和你聊天。你太安静了，难以教人知道你的心思。"西尔维站了起来，我们开始往家走。

"我想我自己也不知道我的心思。"这番告解令我窘迫。我时常像个隐形人——实际是缺乏完整的存在，缩减到最小——那时，这是既让我恐惧又给我安慰的源头。在我看来，我对世界毫无影响，作为交换，我在无意中获得观察它的特权，可我暗示的这种幽灵般的感觉，听来古怪异常，汗水开始遍布我全身，使我当即意识到整具肉身的存在。

"啊，以后或许会有改变。"西尔维说。有一阵，我们只顾走路，没有讲话。"或许不会。"我落在她后面一步，望着她的脸。她总用一种大人传播智慧的口吻对我讲话。我想问她，她是否知晓自己的心思，假如是，这种知晓的感觉是什么，假如不，她是否也觉得像幽灵一般，我猜一定是。我期待西尔维说出："你像我。"我以为她也许会说："你像你母亲。"我既害怕又疑心西尔维和我是同一类人，等待她来认领我，可她没有。"你缺课缺得太多了，"她说，"童年不是永远的。有一天你会后悔。马上你就和我一样高了。"

回家的路主要是走第一街，边上一溜小屋和平房，门廊上挂着秋千，草坪阴凉。第一街的人行道起伏弯曲，好像大风中的吊桥。遮阴的丁香树、沙果树和松树，长得紧挨人行道，迫使我们必须弯腰钻过其中几棵。我在西尔维身后落得更远，她的思绪似乎已转到其他事上，这让我松了一口气。她给我的建议，吸引她注意力的时间，甚至从来不及引起我注意力的时间长。我们拐入桑树街，那儿没有人行道。西尔维走在机动车道上，我跟着她。这是属于我们的街道。房子远离马路，非常分散。狗怒吠着跑出来，在我们经过时嗅闻我们的脚踝。西尔维和游民一样，讨厌看门狗，拿树枝掷它们。她伫立在马路中间，凝视一列长长的火车驶过。她剥去一根柳枝的树皮，折断路边盛开的蒲公英和野胡萝卜花的细茎。最终，我们走到我们的房子前时，发现露西尔在厨房，在忙乱地搞大扫除，灯开着，虽然还不到傍晚。"好啊，我们发现你在长椅上睡觉！"她吼道，西尔维一再保证她没有睡着，却仍无法平息露西尔的怒火。"说不定没人看见她。"我说。

"在镇中心？下午三点钟的时候？"

"我的意思是，认出她。"

"可还会有谁——露西，还会有谁——"露西尔把擦碗布朝橱柜一丢。我听见西尔维打开了前门。

"她要走了。"我说。

"她每次都这样。她只是出去游荡。"露西尔捡起擦碗布，朝前门扔去。

"可万一她真的走了呢？"

"那也坏不到哪儿去。"显然，那天下午，露赛特·布朗尼的母亲让露西尔备受煎熬。在这种情形下，辩护人会和被告合为一体。"我不懂是什么让她留在这儿。我认为她肯定更愿去爬火车。"

我们不晓得去哪儿找她，于是露西尔关了灯，我们坐在厨房桌旁，试着按字母顺序，列出各个联邦州的名字，接着是各州的首府。最后，我们听见她悄然的脚步声，她犹疑地推开厨房门。"我担心你们已经上床睡觉了。今天我把这个落在了长椅上。这是好东西，不能浪费。"她打开报纸包，我们闻出是黑越橘，"火车站附近到处是这个。我想可以用来做煎饼。"她用预先配好的煎饼粉调了面糊，把浆果拌入其中，我们试着列出全世界的所有国家。"以前你们的母亲和我经常做这些。我们小时候去的就是那同一个地方。利比里亚。那时我们亲密无间，和你们俩一样。"

"我们总是忘记拉脱维亚。"露西尔说。

西尔维说："我们总是忘记列支敦士登。或安道尔。或圣马力诺。"

7

　　那年夏天，露西尔仍忠于我们。即便我们是她的头号麻烦，但也是她唯一的避难所。她和我形影不离，每时每刻，无论什么地方。有时，她一味静默，有时她会对我说，我走路时不应该看着地（我的姿势与其说意在掩饰，不如说是在承认我日渐过高的身形，并为此道歉），有时我们会努力回忆母亲，可分歧的地方越来越多，甚至为了她长什么样而吵起架。露西尔的母亲整洁有序、活力四射、明白事理，是一位孀妇（我从不知道或她未能表现出来），丧生于一场意外。我的母亲过着一种严格简化、局限的生活，那不可能要求她投入大量注意力。照料我们时她不冷不热，让我觉得她也许本喜欢更孤独的生活——她是抛弃者，不是被抛弃的那个。至于飞入湖里那件事，露西尔宣称是车子卡住了，海伦加速太猛，导致失控。倘若是那样的话，她为什么把我们留在外祖母家，还有我们的所有行李？她为什么驶离公路、把车开到草地中央？她为什么不只把自己的钱，还连手袋一块儿给了帮助她的那些男孩？露西尔指责过我一次，说我试图为西尔维辩护而诋毁母亲。话落，我们俩沉默了半晌，后悔做出这样的比较。事到如今，我们明白，虽然这一定局不是特别教人放心，但西尔维是我们的。我们的母亲扫地除尘，不让我们的白短袜弄脏，给我们吃维生素。她带我们到这儿来以前，我们从未听说过指骨镇；把我们留在门廊上等待外祖母前，我们对她一无所知。以前，在本该睡觉时，露西尔和我常常望着母亲坐在沙发上，一只脚塞在身下，一边抽烟一边读《星期六晚邮报》。最后，她总会放下报纸，抬起目光，直直盯着房间中央，有时见她太出神，我们中的一人会起床去喝水，确认房间里除了她没有别人。最后，我们从她腿上滑落，和那些富有责任感、大力主张规矩和平衡饮食的杂志一样。西尔维永远不可能真正教我们吃惊。诚如我们有时所意识到的，如今我们在西尔维的梦里与她相遇。在所有逃学的日子里，我们去的地方，也许没有一处是她在我们出世前没有去过的。所以，我们不能解释的事，她无须解释。

譬如有一次，我们在林中待了一夜。那是星期六，我们穿了粗蓝布的工装裤，带上鱼竿和鱼篓，里面装着曲奇饼、三明治，还有折合式小刀和蚯蚓。可我们不曾计划要过夜，所以没带毛毯。我们沿着湖岸走了数英里，来到一处小湾旁，那儿的水浅而平静。那一带的水域里尽是肥美的小河鲈，活蹦乱跳，汲汲待捕。只有小孩子才会和这样的动物嬉戏，小孩子里只有我们会走那么远的路来钓鱼，兴致之高，一如去百英尺内的公共图书馆。可我们选择了那儿，在黎明时离家，路上遇到一条肥胖垂老的母狗与我们同行，它黝黑的肚皮上光秃无毛，眼睛周围有一轮轮白圈。人们叫它"瘸子"，因为小时候它喜爱用一条腿走路，如今老了，喜爱用三条腿。它踉跄地跟在我们后面，劲头十足，视力稍好的那只眼中透出友善的光芒。我如此详细地描述它，是因为在出了镇约莫一英里后，它好像循着某种气味，消失进了树林中，再未现身。它不是一条有特殊地位的狗，它的离去，无人哀悼。然而这次郊游给露西尔和我留下的阴郁回忆，一定程度上与我们最后瞥见它肥胖的腰腿和颤巍巍、挺立的尾巴有关，它攀过岩石，钻进了迷蒙、幽暗的树林。

天气变得燠热。我们卷起裤子，翻边卷得很宽，又解开衬衣，使之可以在腰上打成结。有时我们走在狭窄的沙地边缘，但更多时候是在布满灰色圆石的湖滩上蹒跚而行，那些石头和沙果一样大小。若发现平一点的，我们用来玩打水漂。若发现鸡蛋形状的，我们投向高空，身体随之往后一转，当湖水一口把石头吞没时，我们说，我们割断了魔鬼的咽喉。有些地方，灌木与禾草一直蔓生到水边，那时我们得涉水，踩着光溜的礁石，上面有缕缕泥沙，隐微漂移，像溺水的头发，我连人带篓滑了一跤。随后我们吃掉三明治，因为那已经打湿，还不到中午，但照计划，我们会用翠绿的树枝烤河鲈，并采寻黑越橘。

岸上到处是横七竖八的浮木，有根须死缠在一起的大树干，有剥光了树皮、像缆索般细长密实的圆木，东一垛，西一摞，互相支撑堆叠，规模庞大，宛如大象墓园里的象牙和象骨。如果发现细小的树枝，我们将之折成手指长短，揣在衣袋里，准备一边走一边当烟抽。

我们往北走，湖在我们的右手边。如果朝湖望去，水仿佛覆盖了半个世界。山峦，因距离而显得灰暗扁平，看似像断裂残剩的大坝；或铁釜破损的口缘，即将沸腾，源源不断把水蒸馏成光。

可我们脚边的湖纯净清澈，水底铺着光滑的石子或全是淤泥。湖中富含不起眼的小生命，和任何池塘无异，又像水坑，和缓地使寻常之物发生蜕变。唯有水流平稳、持之以恒地反复触击，筛洗乌黑、雪白、赤褐的各色小石子，才使我们被迫记起湖的浩瀚和与月亮的结盟（因为没有尘世的理由可以解释其闪烁、冰冷的生命）。

天空白茫茫的，蒙着一层高远、平滑、发光的薄膜，树木染上夜的黑。蜿蜒的湖岸，如一道悠长、平缓的曲线，通往一处岬角，越过岬角有三座险峻的岛屿，一座比一座小，将磅礴的陆地延伸至湖中心，怯怯的，像个省略号。岬角高耸多石，顶上是一片杉树林，脚下，沿边一圈狭窄的黄沙，把岬角的天然形态勾勒成一弯抽象的曲线，如精美的书法，然后再度向湖绵延而去。我们爬下较远一侧、通往会有河鲈上钩的小湾岸边的岩壁，绕到岬角底的另一端。四分之一英里外，一座雄伟的半岛拉近了地平线，像一道路障横架在上面。唯有越过这两块陆地，我们才能望见波光粼粼的开阔湖面。夹在两者围护中的这片水域，幽亮、昏暗、腥臭，边上长着香蒲，浅水处有睡莲，还有蝌蚪和米诺鱼，更远处，发亮处偶有大鱼扑哧跃出水面追逐苍蝇。这片湖湾与开阔水域的波流、潮汐和倒影隔离，表面像一张几近粘连的膜，万物在这儿汇聚累积，诚如在蛛网里、在屋檐下和在房子未经打扫的墙角里一样。这处地方像极了家的混乱无序，温暖、平静、充实。露西尔和我坐下，朝蜻蜓掷了一会儿鹅卵石，接着钓了一会儿鱼。一捕到鱼就开膛，从腮剖至尾，用大拇指的指甲抠出内脏，扔到沙滩上喂浣熊。我们生起一堆小火，用翠绿的树枝穿过鱼腮，串起几条河鲈，像炙叉一样架在两根分杈的树枝上。那是我们一成不变的烤法，最糟时炙叉折断，鱼掉进火里；最好的情况，也好不了多少，尾鳍焦黑冒烟，鱼眼里却仍留着知觉尚存的微光。我们吃下的鱼，数量蔚为可观。我们在背湖处、从岩石堆长出的灌木上找到成熟的黑越橘，也吃了。我们沉溺在这些按部就班的捕食行动里，直到向晚时分才恍然意识到，我们待得太久了。如果赶紧返程，也许本可以在天全黑以前到家，可天空逐渐转暗，我们无法确切地判断时间。想到要沿崎岖的湖岸走数英里路，右手边是凌驾在我们之上的漆黑树林，左手边只有湖，我们俩都感到害怕。假如云挟来风和水波，会把我们驱赶到上面的树林中，夜晚的树林令我们恐惧。"我们留在这儿吧。"露西尔说。我们把半截浸在水中的浮木拖到岬角上，以一块竖立的大石为墙，用浮木搭起后墙和侧墙，第三面留空，对着湖。我们折下杉树的枝条，铺在屋顶和地上。这座低矮的房子，建得马虎草率，就外表看，凌乱随意，毫无章法。屋顶两度塌落。为免把墙碰倒，我们坐着时必须把下巴搁在膝盖上。我们并排坐了一会儿，谨慎地调整四肢，异常小心地抓骚脚踝和肩胛骨。露西尔爬出去，动手在门前的沙地上用鹅卵石拼出她的名字。夜晚似乎铸造了一种平衡。水天一色，发出灰荧荧的光。树林全然漆黑。两条陆地的臂膀，拢抱水湾，像暗黑的大浮冰，从填满夜色的山峦倾泻入湖中，却在璀璨的苍天下止步，变成了石头。

我们爬进我们的茅舍，心神不安地沉入梦乡，始终谨记必须把脚后跟贴住屁股，随时都感觉到沙地里的螨虫和苍蝇。我在一片漆黑中醒来，能摸到身旁的树枝，感到背上的湿气，熟睡的露西尔贴着我，可我什么也看不见。想起露西尔是在我后面爬进来的，她蜷缩在我和门之间，因此我攀上屋顶，翻墙出去，走到一样漆黑的夜色里。没有月亮。事实上，似乎连天空都不见。除了湖面恒定的闪光和树林的涌动以外，只有单一、孤零的水声，脱离空间和形体，近在我耳旁，好像梦里的声音。嗞嗞哧哧，有人悄悄走近的声响——感受到一种教人胆战的企图，不明缘由地推迟了行动。"露西尔。"我说。我能听见她站起身，顶开屋顶。"你觉得现在几点了？"我们猜不出。郊狼嗥叫，还有猫头鹰、隼和潜鸟。

浓黑的夜色下，动物来到水边，与我们相距咫尺。我们看不见它们是什么。露西尔开始朝它们扔石头。"它们肯定能嗅到我们。"她嘟囔道。有一阵，她唱起《嘲鸫山》，随后在我身旁坐下，在我们倾圮的堡垒里，纹丝不动，坚决不让我们人类的地界全盘沦陷。

露西尔口中的这个故事可能不一样。她会说我睡着了，可我实际没有。我只是让天空的黑与我头脑、内心和骨子里的黑同等扩张。落在眼前的一切皆是幻影，一床被单盖住了世界真实的运转。神经和大脑受到愚弄，留给人的只是梦，梦见这些幽灵松手，放开我们的手离去，背影的曲线和外套的摆荡，如此熟悉，仿佛暗示他们应是这个世上恒久不变的事物，可实际上，没有什么比他们更易消逝。譬如说我的母亲长得和男人一样高，有时她把我放在肩上，让我可以用手拨弄头顶冰冷的树叶。譬如说我的外祖母一边含着嗓子唱歌，一边坐在床上，我们帮她系上大号黑鞋的鞋带。这种细节纯属偶然。除了我们有谁会知道？既然她们的心思专注在其他摆脱不掉的往事，而非我们萦绕于心头的记忆；专注在别的黑暗，而非我们所见的黑暗上，又为何偏偏撇下我们，余留的生者，在漂浮的残骸中拣选，在杂乱、不受注意和珍视的细枝末节中拣选？那都是她们消失时遗下的，只有灾难才使之变得显著。黑暗是唯一的溶剂。天黑后，任凭露西尔踱步、吹口哨，任凭注定是幻梦一场（因为连西尔维也成了缠住我的鬼魂），对我而言，无须遗迹、遗物、空余、残留、纪念物、遗产、回忆、思索、足印或踪迹，只要可以有完美永恒的黑暗。

天一露出曙光（树林的咆哮和鸟儿的啼叫早向我们发出了预告，和西尔维所言的一样），露西尔便开始往指骨镇走。她不同我讲话，也不回头。天空纯然的黑淡去隐没，慢慢漂成白色，最后，六朵暗哑粉红的云彩，高高飘浮在灰青色的天空里，地平线上泛出铁锈般的红晕。金星在这些斑斓的色彩中发出行星没有温度的白光，大地休眠得太久，让我一度觉得这所有甜美的诱惑也许会落空。属于我们这个世界的飞鸟，是那条回归线上黑色的尘埃。

"天好像一点没亮起来。"我说。

"会亮的。"露西尔回道。我们沿着湖岸，比白天来时走得快。我们的背脊僵硬，耳朵嗡嗡作响。我们俩都不停地摔跤。当我们小心翼翼经过一堆突入湖中的岩石时，没在水中的石头表面覆有泥沙，我的脚打滑，整个人跌入水中，擦伤了膝盖、胁部和脸颊。露西尔拽着我的头发，拉我起来。

最后天终于变成寻常的白昼。我们的牛仔裤黏着腿，卷起的裤脚挂了下来，头发披散着，湿漉漉，缠结成一团一团。我们的手指甲和嘴唇发青。鱼竿和鱼篓掉了，还有我们的鞋子。饥饿沉重地压在我们腹内，和内疚一样。"西尔维会杀了我们。"露西尔说，口气难以教人信服。我们爬上筑堤，来到铁轨旁，行经之处，依旧笼罩草木的薄雾凝成水滴，留下一道暗黑的足迹。脚下铁轨的枕木给人温暖、日常的感觉。我们能看见几株果树，扭曲、分叉、佝偻，贫瘠而苍老。我们选择了一条树丛间的小径，朝最近的门走去，那扇门通往我外祖母的房间。西尔维正坐在厨房，在一张凳子上，专心阅读一本过期的《国家地理》。

我们走进厨房，西尔维从凳子上下来，面露微笑，但不是冲我们，她把两张椅子推到火炉前，炉后的木箱上已放了两条叠好的被子。她用一条裹住露西尔，另一条裹住我，我们坐下。她往咖啡壶里倒入滚水，然后加入一罐炼乳和一把糖，给我们俩各倒了一杯。"地狱之火茶。"她说。

"你知道我们昨晚在哪儿吗？"露西尔问。

西尔维笑起来。"你们在和约翰·雅各·阿斯特[1]共进晚餐。"她说。

"约翰·雅各·阿斯特。"露西尔咕哝道。

被子温暖柔软，包着我的手臂、肩膀和耳朵。我坐在那儿打起盹，那杯地狱之火茶搁在腿上，用双手小心地捧住，以免洒出来。沉睡使我掌中的热度和舌尖的糖合为一种知觉。睡梦中的我直着身子，摇来晃去，感觉到自己光着的脚，听见柴火在炉中噼啪作响。西尔维和露西尔继续交谈，可我辨识不出话里的内容。我感觉，无论露西尔说什么，西尔维都以原封不动的话回应她，但那是梦。

所以这就是死亡的感觉，我心想。西尔维和露西尔没有注意到，或可能她们并无异议。事实上，西尔维拿来咖啡壶，给我手中的杯子加入热水，又整了整微微滑落我肩膀的被子。她的关怀令我惊讶感动，她看出来了，我猜，我想笑。西尔维正坐在炉旁，一边翻阅旧杂志，一边等我母亲。我开始侧耳倾听开门的声音，可过了许久，我的头遽然倒向一侧，再也抬不起来。接着我意识到自己的嘴张开了。这期间，房间里涌满了陌生人，我无从告诉西尔维，茶从我手中翻倒，打

---

[1] 约翰·雅各·阿斯特（John Jacob Astor, 1763—1848），德裔美国商人。

湿了我的腿。我知道，我的衰弱，如今显见而加速，应为了体面之故而想办法将之隐藏起来，可西尔维的目光停在杂志上。我开始期盼自己可以湮没无闻，接着我从椅子上滚了下来。

西尔维放下杂志，抬起头。"你睡得好吗？"她问。

"还行。"我说。我拾起杯子，掸了掸弄湿的裤腿。

"在真正疲倦时，睡觉是最好的，"她说，"你不光是睡着。你等同死去。"

我把杯子放到水池里，"露西尔呢？"

"在楼上。"

"在睡觉？"

"我想没有。"

我上楼，来到我们的房间，露西尔在里面，穿着深色的棉裙和白上衣，正在用发夹把头发夹出一个个小卷。

"你也睡过觉了吗？"

露西尔耸耸肩。她的嘴里咬满了发夹。

"我做了一个怪梦。"我说。露西尔拿掉嘴里的发夹。"换衣服，"她说，"我给你弄头发。"她的态度里透出催迫。

我穿上一条格子连衣裙，走到她旁边，让她帮我扣上。"别穿这件。"她说。我找出一件黄上衣和一条咖啡色的裙子，得到露西尔不加置评的认可。接着，她动手把我打结的头发梳理通顺。她既不轻柔巧捷，也缺乏耐心，但意志坚决。"你的头发像稻草一样。"她一边说，一边用梳子再度濡湿一缕头发。又一缕自动解开，发夹掉落。"哎呀！"她用梳子打了一下我的脖颈，"别动！"

"我没有。"

"好吧，从现在开始不许动！我们去杂货店买瓶定型发胶。你有钱吗？"

"有四毛五。"

"我有一些。"她的手指在我的脖子上冷冰冰的。

"你不睡一会儿？"我问。

"我睡过了。我做了一个噩梦。别动。"

"梦见了什么？"

"什么都没。我是个婴儿，仰面躺着，大声哭号，后来有人过来，动手用毛毯裹住我。她把毯子盖在我整张脸上，我无法呼吸。她一边唱歌，一边抱着我，虽然有几分温馨，但我知道，她试图闷死我。"露西尔战栗了一下。

"你认得那是谁吗？"

"谁？"

"梦里的那个女人。"

"她教我想起西尔维，我猜。"

"你不是没看见她的脸吗？"

露西尔调整了一下我头的角度，开始用蘸水的梳子梳理我颈背的头发。

"那只是梦，露西。"

"她的头发是什么颜色？"

"我不记得了。"

"你想知道我梦见了什么吗？"

"不想。"

露西尔用一条尼龙围巾包住我夹起的卷发，用另一条包住她的。我们下楼。露西尔从西尔维放钱的厨房抽屉里拿了点钱。"天啊，你们俩真漂亮！"西尔维在我们经过时说，可是，和惯常一样，每当我的外表引起人们注意时，我便觉得自己很高。待走到甬道尽头，我已抱拢手臂，交叉在空荡的衬衣前。

"你这样只会更招来人们的注意。"露西尔说。

"注意什么？"

"没什么。"

我感觉浑身上下都是人们的目光，像受到一种密度更高的物质的压迫。露西尔对我的苦恼显出不耐烦，使劲掰掉我的鞋跟，让我变矮一点，可我却觉得，没了鞋跟，脚趾好像翘了起来。在这样的时刻，我益发钦佩露西尔的本领，让自己看上去符合期许的形象。她可以卷拢短袜边，梳出蓬松、效果完美的刘海儿，可不管她怎么努力，都无法把我也打扮成那样。她甚至养成了一种悠然漫步的姿态，臀部微微扭动。可她力求从容自在的面貌，很大程度上被我的不雅、被我像鹫一样的驼背所中和。我们前去购买定型发胶和指甲油。我讨厌这样的出行，我会开始思考别的事情，以便能忍受下去。那一天，我开始想念母亲。在梦里，我满怀信心地等待她，就像多年前她把我们留在门廊上时一样。这样的信心，犹如感受到一个迫近的人影，一种可触的移位，起风前空气的流动。或说似乎如此。可两次，我的希望都落了空，如果可以用"落空"来形容的话。也许我受了骗。假如现象只是神经的错觉，幻影只是一种较低等的神经错觉，一种不够彻底的假象，那么，这份期盼，这种感受到一个未被察觉的人影的心情，按照世间事物的一般特性来说，并不格外缥缈。这个想法给了我安慰。我的梦，虚假程度比露西尔的小多了。那亦可能会是未受蒙蔽的真相，虽然也许不是。

"我在和你讲话呢。"露西尔说。

"我没听见。"

"嗨，你为什么不和我并排走？那样我们可以说说话。"

"说什么？"

"别人说什么？"

那是我时常想知道的。

"总之，"露西尔说，"你这样跟在我后面让人觉得很奇怪。"

"我想回家了。"

"不许回家。"露西尔转身看着我。她的眼睛，从低垂的眉毛底下向我投来凌厉的乞求目光。"我带了钱买可乐。"她说。

于是我们继续往杂货店走，在喝可乐时，两个比我们年长、露西尔不知怎的设法攀上了一点关系的女孩坐到我们旁边，向我们展示起她们买来缝制校服的裁剪样板和布料。露西尔抚摩那匹布，端详那些样板，专注的程度让两个年长的女孩产生了屈尊俯就的优越感，变得健谈多话，她们给我们看一本买来的杂志，里面全是新潮的发型，附有做法说明。连我都被露西尔端详那些照片和图解时的热切所打动。

"我们应该买本这个，露西。"她说。我朝杂志架走去，像要去浏览的样子。杂志架就立在进门处。露西尔过来，站在我旁边。"你打算走了。"她说。这句话既是陈述又是指控。我想不出该如何回应。

"我只是想回家。"我说完，推开门。露西尔一把抓住我的手肘上方。"不行！"她说，并狠狠地拧我，以示强调。她和我走到外面的人行道上，依旧抓着我手臂不放。"现在那是西尔维的家。"她咬牙切齿地低语，面带怒意。此时，我感觉到她的指甲，她的瞪视里更多是恳求和催逼。"我们必须改善自我！"她说。"从即刻开始！"她说。我再度想不出该如何回应。

"好吧，我回头和你讨论这个。"我嘟囔了一句，转身往家走，令我诧异的是，露西尔跟着我——落后几步，但只走了一两个街区。随后她停住，一语不发，折回了杂货店，留下我一人，在和煦的午后，对衣着满不在乎，舒坦地置身在自己的皮囊里，未经改善，未来亦无改善的可能。那时，在我看来，露西尔似乎将永远忙碌不休，劝诱、逼迫、哄骗，仿佛她可以填补我缺乏的意志，让我主动做出合宜的改头换面，越过宽阔的边界，滑入另一个世界，那时，在我看来，那是我绝不可能想去的地方。我觉得，我失去的或会失去的一切，不可能在那儿寻得到，换言之，我失去的某些东西，似乎也许可以在西尔维的家里寻到。我朝那儿走去，街道变得越来越熟悉，直到睡在门廊上的狗在我经过时仅抬了抬头（因为西尔维没和我在一起），每棵独一无二的树，每棵树的当令期和影子，我都一清二楚，同样的，还有长着为人遗忘的百合和鸢尾的小片荒地，同样的还有阳光下寂静的铁轨。我曾目睹外祖母果园里的两株苹果树立在原地死去。一年春天，树上没有叶子，可树如期立在那儿，枝干快碰到地面，模拟消亡的硕果累累的姿态。每年冬天，果园积雪深厚，每年春天，水往两边分开，死亡解除，每个拉撒路[1]都站了起来，唯有这两个例外。它们失去了树皮，全身惨白，一阵风便会折断

***

[1] Lazarus，出现在基督教《圣经·约翰福音》中，死后四日耶稣使他复活。

它们的骨骸，但若真的冒出一片叶子，那也不足为奇。细小的变化在所难免，好比月亮开始自转。在我看来，消亡的不一定亦是失去的。在西尔维的家里，在我外祖母的家里，有如此多我记得的东西，我可以握在手心——像一个瓷杯，一个给风吹落的苹果，因与土壤深处的密切关系而酸涩冰冷，只有一丝淡淡成熟的芬芳。我明白，西尔维可以感受到消亡之物的生命。

然而，我走近房子时，重新意识到已然降临的变化。草坪高至膝盖，绿油油，阴冷潮湿，风把涟漪吹送过整片草地。草儿没过较矮的灌木、甬道和前门廊的第一级台阶，升至和底座一样高。那情景，仿佛房子假如不坍塌的话，不久必将会漂浮起来。

露西尔回到家时提着一个袋子，里面有一块连衣裙的裁剪样板和四码米色与棕色相间的方格毛料。她解释，我以为的连衣裙，其实是一条裙子和一件小夹克。这件夹克，她解释，可以敞开着穿，搭配短上衣、搭配棕色或米色的裙子；这条裙子，可以搭配衬衫或毛衣。等完成这套衣服后，她会做一条棕色的裙子，买一件与之匹配的毛衣。"一应可互换组合，"她说，"与我的头发相得益彰。"她甚是认真。"你得协助我。说明上讲解了做法。"我们清走厨房桌上的杂物，满满一堆。

近来西尔维开始收集马口铁罐头。她用肥皂和热水洗去标签。如今，料理台和窗台上有许多这样的罐头，若不是露西尔和我时不时把它们挪走，可能早已占满了桌子。虽然累赘，但并不教我们反感，它们亮闪闪的，看起来完好有序，尤其因为西尔维将它们开口朝下排列，除了几个用来储存桃核、储存沙丁鱼罐头盖环和咖啡罐头盖环的例外。坦白说，我们已到了对任何形式的秩序都难有反感的地步，但希望她对瓶瓶罐罐的兴趣只是暂时的脱离常轨。

我们把一大张棕黄色的说明书摊在桌上。露西尔跪在椅子上，身体探过桌面阅读步骤一。"我们需要一本词典。"她说。我去客厅的书架上取了一本，那很旧，是我外祖父的书，以前我们从未用过。

"第一件要做的事，"露西尔说，"把布料摊开，用大头针把每张纸样别上去，依样剪出来。查查'pinking shears'（齿边布样剪刀）是什么意思。"我翻到"P"。那页上有五朵风干的圆三色堇花（Pansy）——一朵金黄，一朵蓝黑，一朵红褐色，一朵紫罗兰色，一朵像羊皮纸的颜色。它们扁平、紧绷、干枯——像蝴蝶的翅膀一样僵硬，但脆薄许多。在 Q 那一页，我发现一枝野胡萝卜花（Queen Anne's lace），压扁了，看着很像莳萝。在 R 那一页，我发现各种玫瑰（Rose）——几朵红玫瑰，使每侧的页边照着它们的形状微微翘曲，还有粉红的野玫瑰。

"你在做什么？"露西尔问。

"这本词典里到处是压花。"我说。

"外公弄的。"

"他把凤仙花放在字母 O 下。可能是兰花（Orchid）。"

"让我瞧瞧。"露西尔说。她接过书，抓着书脊两端，使劲摇晃。数十种花和花瓣从书页间掉落飘洒下来。露西尔摇个不停，直到再无东西出来为止，然后把词典递还给我。"Pinking shears。"她说。

"这些花怎么办？"

"放到炉子里去。"

"为什么？"

"它们有什么用？"显然，这不是一个真正需要回答的问题。露西尔垂下红棕色的眉毛，面无惧色地盯着我，像是说，我对在黑暗中闷了四十年的圆三色堇花冷酷无情，不是什么罪过。"你为什么不帮我做套裙？你就是不想帮忙。"

"我再去拿本书，把它们夹进去。"

露西尔一把捞起花，把它们搓碎。我奋力想用词典打她，可她用左手肘抵住，并很灵巧地捅了我的左耳一下。词典被我掉在地上。我自然火冒三丈，决心揍她一拳，可不知怎的，每一次她都用瘦削的前臂挡开，甚至还成功击中我的肋骨。

"好啊，"我说，"我不来帮忙了。"我走出厨房，上了楼。

她吼道："你永远别来帮忙！永远别来！"我骇异于她的暴怒。我坐到床上，打开一本书，这样，如果她上来继续朝我发火，我可以假装看书。过了一分钟，她咚咚上楼，站在关着的门外。"你就是在找借口不帮忙，你找到了！很好！非常感谢！"她吼完，下楼。几分钟后，又上来，嚷着："你知道，我可以自己做！反正你什么忙也帮不上。你会做的只是站在那儿，像个愚蠢的僵尸！"

这番话很大程度上道出了实情。事实上，我把自己的无用视为开脱的理由，但想做出更堂皇的辩护，尤其因为我要还露西尔两拳。可那要等到以后。"露西尔，我听不见你的话，"我心平气和地喊道，"你得大声点。"

"哦，行啊，"她说，"耍我。真聪明。"这是她最后留下的话，之后她好几天没有理我，连西尔维也注意到了。"你们两个小姑娘怎么了？"她会说。露西尔会悄悄离家，从不告诉我她要去哪里，倘若——只为主动开启话匣——我问她去了哪里，她会露出得意洋洋的笑容。我很确定她是和我们在杂货店见过的年长的女生在一起，或是别的可以同样帮上她的人。有一次，我留意到她出了屋子，遂跑到外面的路上，她在两个街区之外，正朝镇上走去。马路浸淫在细如原子的尘埃中，日头炽烈。我拔腿飞奔，拉近和她的距离，可她回头，看见我，也跑了起来。我决定对她说，西尔维要买点东西，反正她要去镇上一趟。那会免去我看似像在追她的尴尬。可露西尔没有停步。我跑啊跑，直到肋部刺痛难忍，转成走路，心想，只要她环顾四下，便可以招手叫她停下等一等，可她没有。

　　飞扬的尘土在我的皮肤和汗水濡湿的衬衫上结起一层泥，露西尔也一样，我猜。她不会带着满身污垢四处走。她会回家。我回去等她，预先品尝贫瘠微薄的胜利之果，可她直到傍晚时分才回来。那时的她，只有脸和手是干净的，前臂、头颈、衬衫肮脏不堪。如此看来，她又在等待白昼过去中消磨了一日，在工具棚里看旧杂志，或在岸边扔石子玩打水漂，总之为了避开我。

　　我感到，露西尔的怒火迟迟不消，与她每天花几个小时制作那套裙子有关。无疑，那不断令她想起我们的争吵；无疑，我在某种程度上似乎成了她每次受挫时归咎的对象。她把自己关在客房，独立作业，里面放着我外祖母的缝纫机。那是一台小型、简陋的电动缝纫机，散发类似热橡胶和润滑油的味道，运转时有"嗨—嗨—嗨"的声音。嗨嗨嗨嗨嗨嗨。露西尔在门上贴了一张告示，用娟秀清晰的字迹写着"请勿打扰"。房里经常阒静无声。有一天，我站在走廊，谛听机器的声响，猜想那套裙子也许进展顺利，可以和她说几句话，但露西尔大喊道："不许进来，露西。"过了好多天，没有迹象显示那套裙子终会完工，或这种敌对状态会终结。可有一天，我正坐在厨房，一边吃三明治一边看书，露西尔胡乱抱着她的套裙下楼，塞进炉子里。她团了一张报纸，摁进去，把点燃的火柴丢在上面。厨房里闻起来像头发冒烟的味道。

露西尔在我对面坐下。"我连大头针都没取下来。"她说。

"真对不起。"

"噢，不是你的错。反正你本来也帮不上忙。"

"在这些事情上，我不如你。"我附和道。

"差远了。"她说。

这似乎不像是和解。

"我不再生气了。"露西尔说。

"我也不。"我回道。

"我明白，你那样是不由自主的。"

我琢磨了一下这句话。"我明白，你那样也是不由自主。"我说。

露西尔平和地看着我。"我不一定，"她说，"我不像那样。"

"像哪样？"

"像西尔维。"

你也像。我也不像。两种回答似乎都不妥。露西尔说得有道理。不过我按下想掴她的冲动。我知道，当她是那个竭力想表现得十分成熟的她时，一记耳光会教她猝不及防。

我说："我觉得，为了几朵压花而如此小题大作，未免匪夷所思。"

"不是因为花，露西。"

那听起来像是事先排练过的。我等着，知道她会继续说下去。

"远不止如此。我们待在一起的时间太多了。我们需要别的朋友。"

露西尔盯着我。每当她做了决定或选择时，我都几乎无话可说。她了解我的情况，我也了解她的。她大概业已考虑到我一生从未交过朋友的事实。在最近以前，她也从来没有过。我们其实根本不需要朋友或常规的娱乐活动。我们的一生都在观察和谛听，像迷失在黑夜的孩子一样时刻保持敏锐的警觉。我们似乎不明所以地迷失在一片只要有一点光就会变得完全熟悉的风景里。如何理解声音和形貌，该把我们的脚置于何处。投给我们感官的信息微乎其微，一切皆可疑靠不住。有一晚，我们从西尔维房间那扇通往果园的门旁走过，看见她在镜子前梳头发。她坐在座椅上，开着小灯。她会把头发统统梳向一边，放下梳子，打量自己，接着把头发一律梳到脑后，盘起，用发夹固定在颈背，再打量自己。这一切发生在西尔维身上教人吃惊，她似乎毫不关心自己的样貌。我的母亲海伦对自己的穿着打扮也兴趣寥寥，和西尔维无异，可在带我们来指骨镇的前一夜，她整晚亦是这样，对着镜子梳头发，不断变换发型，冷静地评估每次变化。从这里面可以推断出什么？一无所有。两个疏远的姐妹为什么竟在镜子前产生同样的想法？我们怎么知道海伦的想法？也许是在前往指骨镇的途中她才决定了要做什么，不过她是在西雅图买的全麦饼干，以帮我们度过等待的时光。

这毫无意义或不可破译，一次巧合，可露西尔和我观察了她许久。她伸手扎起脖子上的头发时，头倒向一侧的动作如此奇特笨拙，和我母亲一样。那不难解。她们像我一样，都又高又瘦，她们的神经，和控制我双腿行走、双手摆动的神经一样。这个巧合难道又是一条感官与世界同谋的证据？现象把自己涂画在明亮、滑动的表面，比如记忆和梦境。西尔维的头倒向一侧，我们看见母亲的肩胛骨和脊柱顶端的圆骨。海伦是镜中的那个女子，梦里的女子，被铭记的女子，水中的女子，她的神经指引不具名的手指，把西尔维垂落的几缕头发一一捋平。

就这样，露西尔和我注意到似曾相识、可能意味深长的事，我们有时谈起，多数时候不提。可那天，她探身越过桌子说："我等不及要到长大后才能离开这个地方！"

"这间屋子？"

"这座镇！我打算去波士顿。"

"不，你不会的。"

"你等着瞧。"

"为什么是波士顿？"

"因为那儿不是指骨镇，这就是为什么！"

8月的每天早晨，露西尔穿着睡衣，在我们打开的窗旁练习压腿，她在什么地方读到，健康的身体是美的表现。她梳理一百下她火红的头发，直到发丝哔哔啵啵，在梳子后面飘飞起来。她修剪指甲。这都是为开学做准备，如今，露西尔决心要有所作为。不管多么严峻，目标多么艰巨，她一头倒在草地上，扎进《艾凡赫》《消失的光芒》《呼啸山庄》《小男人》《国家地理》等但凡她认为有教育意义的书本中。她会躺在树荫下，支起手肘看书，假如我说："等你看腻了，我们去湖边吧。"她回道："走开，露西。"有时，我也拿出一本书，坐在草地上，可她的专注让我分心，我会做出某些幼稚的举动，比如用三叶草或细树枝拍打她的书，或因为在我的书里读到任何有一丁点发噱的东西而哈哈大笑。她会叹一口气，起身走进屋内。假如我跟着她，她会说："露西，如果万不得已，我会把自己锁在浴室。"语气中带着忍耐的轻蔑。与此同时，她开始用一本大开本的蓝色活页簿写起日记，本子外绑着一条黄绸带，使之看起来不同于普通的笔记本。她把它放在五斗橱上，有一次我读了。我推断里面写的无非是我们更要好时她本会告诉我的事，可结果却发现是罗列着她做过的锻炼和读过的书页。她从某处抄来一份谢恩祷告，富含贵族气息，简短、扼要、无过度的敬畏。祷辞下面，她用大号印刷体字写道："从左边上菜，从右边撤盘子。"倘若我指望找出丝毫以前的露西尔，那儿显然找不到。就在我偷看了那本日记的同一天，本子从五斗橱上消失了。以露西尔对她隐私已有的谨慎程度，我料想那个蝴蝶结有特别的系法。日记消失后，我猜想露西尔也许已开始在里面写下她内心的想法，我甚至开始猜想这些想法可能是什么。她一定会在某篇日记里记下。日复一日，我益发酷似西尔维，她提醒我过一两次，像我这样花那么多时间眺望窗外，是古怪的行为，古怪的还有用捆菜的绳子绑头发。

假如那时我有写日记的习惯——露西尔的日记偶或让我想到，我每天的生活，若像她的一样写入笔记本，会是怎样的情形——我也许会记下我发现一张破旧的二十美元纸币，用安全别针别在西尔维的左侧翻领底下。这并未给我造成太多困扰。兴许一直就别在那儿，然而，那提醒了我她游民一样的应急手法和习惯，把我的注意力从露西尔身上引开。现在，显而易见，露西尔不久将离家。她心意已决。我不断观察她——又是一个谜，这一次，这个谜迟缓、膨胀。每一天，她都在为离家做准备——费了怎样的心思！——总有一天她会离去。

开学第一天，她早早溜出家，没有等我就走了。我能看见她独行的身影，远在我前方，穿着鲜白的牛津鞋和挺括的白上衣，头发在阳光下泛出黄铜色。还好，我心想，她也是一个人。开始上课后，约莫过了一小时，有个女孩拿着一张纸条来到我的教室，要我去校长办公室。我在走廊遇到露西尔，我们一语不发地往办公室走去。校长叫法兰西先生。他命我们坐在他的办公桌前，然后自己坐在桌子一角，晃着腿，把玩一小截粉笔。他的头颅小而光滑，手和男孩的一样大，非常白净。他会一边望着手中的粉笔，一边低眉抬眼看我们。我猜，这种装模作样的姿态，意在暗示一种克制却神秘的权威，但效果，因他穿着花哨的短裤而削弱了几分。

他说："你们两个女孩子，去年缺了半年的课。你们说，怎么办？"

"给我们布置额外的家庭作业，"露西尔说，"我们可以跟上的。"

"嗯，"他说，"你们是聪明的女孩。如果努力，不会有问题。如今我们真正、不得不希望看到的，"他字斟句酌地说，"是态度的转变。"

露西尔回答："我的态度已经变了。"

他的目光从我们其中一人身上移到另一人身上，斜着眼睛。"所以你无须听我的简短教诲了，是吗，露西尔？"

"是的，不需要。"她说。

"那么你呢，露西？"

"不。我的意思是，我猜不需要。"

"你猜不需要。"

我的脸滚烫。法兰西先生不是一个严厉的人，但他从答不上来的问题里获得审问者的乐趣。他抛了一下粉笔，目光锐利地望着我。

"她明白你要讲的话，"露西尔说，"我不知道她今年是否会更用功。也许会也许不会。没办法和她正经讨论实际性的事。那些对她而言无关紧要。"

"她在成长中，"法兰西先生说，"教育事关重大。露西，什么是真正让你觉得要紧的？"

我耸了耸肩。法兰西先生学我耸了耸肩。"那就是我指的，"他说，"态度问题。"

"她还没搞清什么是对她要紧的。她喜欢树。也许会成为植物学家或什么。"

法兰西先生怀疑地审视我，"你想当植物学家吗，露西？"

我说："我想没有。"

法兰西先生叹了口气，起身，放下粉笔。"以后你必须学会自己发言，自己思考，这点不容置疑。"

露西尔定睛看着我的脸。"她有她自己的一套。"她轻声说。

那是露西尔和我在学校唯一一次共度的时光。我不时看见她，可她躲着我。她加入一群女生，在家政教室吃午饭。我在但凡能找到有足够空间容我坐下，但不会显出我想挤进某个团体或对话的地方吃午饭。我一边吃一边看书。午餐难吃极了。我简直咽不下去，像是在吊着脖子的同时试图吃下花生酱三明治。去上拉丁语课是一种解脱，课上，我在人群中有一个熟悉的位置，按照字母顺序分配到的。作业本身成为一种避难所，我变得整洁细心，但有时急得冒汗，想跑回家，看看房子是不是空了。当我能够把思绪再度集中到直角三角形的斜边上时，心感释然，甚至愉快。一两个月后，法兰西先生把我叫到办公室，告诉我，他很高兴听说我的态度有了实际转变。他的桌角上摆着厚厚一叠我整洁、满分的试卷。那时我对态度这类东西的构造一无所知，现在仍一无所知，若说我有一种态度，说这种态度变了，让他满意的话，我不会反驳。但事实是，我喜欢拉丁语课胜过午餐，胜过做白日梦。那年秋天，我害怕独自去湖边。

西尔维时常在湖边。有时，她回家时口袋里有鱼。她会把鱼放在水龙头下冲洗，挖出腮里的碎棉绒，连头一起煎炸，蘸着番茄酱吃。露西尔变得越发挑剔了。她靠吃蔬菜汤和鲜

137

干酪过活，独自在果园、门廊或她的房间里用餐。西尔维和我一同吃晚饭，坐在黑暗里，我们静默不语。西尔维把露西尔的缺席视作责难或回绝，为之伤心，这显而易见，因为她根本没有故事讲给我听。"今天很冷。"她会咕哝一句，脸转向幽蓝的窗户，眼睛圆睁，缺乏神采，像盲女的眼睛一样。她的手会互相摩挲，做出缓慢的取暖动作。骨头，骨头，我思忖，在血肉制成的精美护鞘里，宛如最好的手套。她的手修长，她的颈部修长，她的脸颊瘦削。我不知她是否可以得到温暖和营养。假如我去握住那双骨头一样的手，能把暖意挤进去吗？

"还剩一些汤。"我会说。

西尔维会摇摇头，不用了，谢谢。

有一晚，我们就那样坐着，露西尔穿了她在学校缝纫室做的一条杏色连衣裙，去参加舞会。她把校服外套披在肩上，未把手伸进袖子，道了声"晚安"，出门到路边去等约会对象。当露西尔关上身后的门时，屋子显得很空。我独坐着，望着西尔维，她仿佛将定在那儿，永远不动。"我有好东西给你看，"西尔维说，"我发现的一处地方。那儿真的美极了。小小的山谷，夹在两座山丘之间，有人在那儿建了一座房子，种植果树，甚至动手开挖水井。在很久以前。可那道山谷很窄，而且是南北走向，所以几乎照不到阳光。一直到7月，地

上的霜整日不化。有几棵苹果树还活着，可只有我的肩膀那
么高。如果我们现在去那儿，整座山谷都在霜的覆盖下。霜
很厚，踩上去时草地发出爆裂声。"

"在什么地方？"

"北边。我找到一艘小船。我实在看不出那是有主人的船。
有一个桨架松了，但没有严重的漏水，或压根儿不漏水。"

"我想去。"

"明天？"

"不行，明天我得温习功课。"

"如果你愿意，我们可以星期一去。我可以给你写张假条。"

"星期一我有测验。这是我明天得温习功课的原因。"

"那就换一天。"

"好。"

"你现在要去温习功课了吗？"

"我得写一篇读书报告。"

"写什么？"

"《王子与贫儿》[1]。"

"我对那本书没太多印象。"

"很好看。"

---

[1] *The Prince and the Pauper*，马克·吐温的作品。

西尔维说:"我应该读点书。我不知道自己为什么不读了。以前我一直很爱读书。"

我上楼去自己的房间,她跟在我后面上来。她看见衣柜上的《艾凡赫》,躺到床上露西尔睡的那一侧,把书举在脸的上方。西尔维躺着时,没有一丝蜷缩或伸展之态。即便在睡觉时,她的身体仍维持拘谨的姿势,那是一个人在公园长椅上睡觉时所习得的,而且她多半不脱鞋。

有一段时间,西尔维带着投入和饶有兴趣的表情,仰天盯着书。后来,她把书往下移了几英寸,以一模一样的表情,盯着天花板。最后,她把书下移到腿上。即使坐在梳妆台旁,背对着她,我仍能感觉到她躺在那儿,我无法集中思做功课。"西尔维。"我喊了一声,可她的眼睛没动。我等露西尔回家,等了好久,可当她真的回来时,我俯身对着拍纸簿,假装没注意。她走上楼梯,从门口往里探身。

"嗨,露西。"

"嗨,露西尔。舞会好玩吗?"

她耸耸肩。"还凑合。"

"讲给我听听吧。"

"我累了。我打算睡在楼下。"她朝西尔维的方向努了努头。"你至少该给她盖点东西。"她说,然后下了楼。

我抽出西尔维手中的《艾凡赫》,脱掉她的鞋,把棉被盖至她的下巴处。她的眼睛闭了一下，又睁开。

"你醒了，西尔维？"

"什么？嗯。"她莞尔一笑。

"你在想什么？"

"大部分是过去的时光。你不认识的人。露西尔回来了吗？"

"回来了。她说她准备睡在楼下。"

"哦，我们不能让她那样。"西尔维爬起来，套上鞋，下楼。几分钟后，她又上来，说："露西尔不在下面。"

"不可能。"

"我找不到她。"

根据我们翌日早晨获知的情况，露西尔穿着舞裙和杏色舞鞋走去家政课老师罗伊斯小姐的家。她在房子周围转悠，拍打每扇能够得到的窗户，直至惊起这位熟睡中的女士，接着她获邀进屋，两人谈论了一晚上露西尔在家中遇到的烦恼。罗伊斯老师为人孤僻，特别容易激动，难和同学亲近。她怀着惶恐的热忱，围着学生团团转。偶尔，她稍有打破他们的冷漠——他们会听了某个小笑话而发出笑声，或和她闲聊几句。有一次，几个男生把她锁在储藏室；有一次，有人照着她的脸画了一幅兔子漫画，挂在田径奖杯旁。在这样的时刻，她的眼中涌出泪水。可对她而言，难堪是乏味的家常便饭，获得接受才是清晰、瞩目和难忘的。此刻露西尔来了，她穿过夜色来到她家。罗伊斯老师将她安顿在客房。她实际等于领养了她，那晚以后，我没有了妹妹。

令我吃惊的是露西尔的离去如此突然。我在桑树街徘徊——当然不是找她，但装出找她的样子，因为我没有别的方法来抚平纷乱的心情。那是一个寒风彻骨的夜晚。我知道，如果没有可去的地方，露西尔不会一个人在夜里出门。没有人比露西尔自己更在意她的安危。

我回到家时，西尔维坐在厨房的椅子上，腿上摆着电话簿，双手交叠在上面。"我们应该打电话给县治安官。"她说。

"行。"

她翻开电话簿，用手压平，"你觉得我们该打电话给他吗？"

"我想是。"

"那么晚了，"她说，"也许我们该等到早上再打电话给他。"

"他可能会怀疑，我们为什么耽搁了那么久。"

"那倒是。"西尔维说。她合上电话簿，放到一旁。"通常最好别去麻烦他们。他们会那样，突然间，你做的一切似乎都是错的。就算是最简单的事。"她笑了笑，耸耸肩。

"她可能去了朋友家。"

"我确信她不会有事，"西尔维说，"我真不想麻烦治安

142

官。说不定她随时会回来。我等她。"

　　翌日早晨，罗伊斯老师穿着隆重的衣服，前来敲门。她和西尔维在门前的台阶上谈了一会儿。我透过客厅的窗户望着她们——矮小年迈的罗伊斯老师穿着棕色古板的套装，颈上系着浅橙色蝴蝶领结，紧张而热切地和西尔维说话，西尔维或耸肩，或颔首，目光瞟向一侧。最后，西尔维进屋，上楼，又下来，带着露西尔的课本和日记。她把东西放在台阶上，罗伊斯老师一本一本装进毛毡手提包里。未等她整理完毕，西尔维便回到屋内，和我并排坐在沙发上，拿起一块垫布，拉扯拽弄。以前，我外祖母的垫布大得出奇，笔挺、粗硬，像仙人掌的花一样，如今，它们像毛絮般暗淡无光，垂头丧气。"露西尔说她的东西可以归你，"西尔维说，"衣服，她一件也不要。连发刷也不要。"

　　"也许她没打算离家太久。"

　　"也许是。"西尔维冲我笑了笑，"可怜的露西。好吧，我们可以成为更好的朋友。我要带你去看一些东西。"

　　"明天。"

　　"明天是星期一。"

　　"你可以给我写张请假条。"

　　"行。"

8

　　那晚，吃完晚饭后，西尔维做了要带的午餐，我们把闹钟定在五点，很早就睡觉，衣服也没脱。尽管如此，西尔维还是不得不强行把我弄醒。她捏我的脸颊，拉我的耳朵，然后把我的脚放到地上，抓着手拉我起来。我又坐回到床上，倒向枕头，她发出笑声。"起来啦！"

　　"再睡一分钟。"

　　"不行！早餐准备好了！"

　　我蜷缩在被子上，抱住暖意和睡意不放，可它们像轻雾似的从我身上散去。"醒醒，醒醒，醒醒。"西尔维说。她抓起我的手，轻轻拍打，揉弄我的手指。等暖意不再充足、睡意不再浓时，我坐了起来。"好姑娘。"西尔维说。房间里黑乎乎的，即使西尔维开了灯，依旧显得晦暗阴沉，昏昏欲睡。耳畔传来鸟儿的鸣叫，尖锐粗粝，像火星子或冰雹般刺人。就算在屋内，我也能嗅出风有多凛冽。那种风带来杉树的麝香，把湖的冰冷气息传送到每个角落。外面无一物——没有木柴的烟火味或燕麦的香气——透出人类安适的迹象，若走到外面，我会浑身难受。时近 11 月，离破晓尚早，我不想离开我的床。

"来吧，露西。"西尔维说着，抓起我的双手，把我向门拉去。

"我的鞋。"我说。她停下，依旧握着我的手，我把脚伸进鞋里，可她没有等我把鞋带系上。

"快点，快点。下楼啦。"

"我们非得这么着急吗？"

"嗯，嗯。我们得赶紧。"她打开活板门，在我前面走下楼梯，仍拉着我的一只手不放。她在厨房稍作停留，从平底锅里盛出一个鸡蛋，放在一片面包上。"来，这是你的早餐，"她说，"你可以一边吃我们一边走。"

"我得系上鞋带，"我冲着她的背影说，她已往屋外的门廊走去，"等等！"可纱门在她身后砰地关上了。我系好鞋带，找到外套并穿上，然后跑出去追她。

草结了霜，呈现青灰色。路面冻得很厉害，我每踩一脚就清脆作响，房子、树木和天空漆黑一片，分不出彼此。一只鸟啼啭的声音好像有人在刮擦锅子，后又寂静无声。寒冷、匆忙和饥饿所造成的不适，让我放弃了所有知觉，深深蜷缩进自己体内，依旧昏睡不醒。最后，西尔维出现在我跟前。我把手插进口袋，歪着头，大步流星，和她一样，我犹如她的影子，之所以在她后面移动，只是因为她在动，而非是自己的意志决定了那步伐，决定把手插进口袋的动作和歪着头的姿势。亦步亦趋地跟随她，既不需要意志，也无须付出努力。我在睡梦中行进。

我跟着西尔维往岸边走去，一切祥和、自在，我心忖，我们是一样的。她亦可以是我的母亲。我蜷起身子，像未出世的婴儿，就睡在她的身影里。

我们来到岸边，西尔维说："在这儿等一下。"她朝离水不远、长有树木的一处地方走去。几分钟后，她回来。"船不在之前我放的地方了！"她说，"哦，我们得找一找。我会把它找出来的。有时需要花点时间，但我每次都能找到。"她爬到一块从山边凸耸出来、快与水面相接的岩石上，左右眺望湖岸。"我相信就在那儿。"她从岩石上爬下来，开始往南走。"看见那些树了吗？我以前有一次找到它时，就在那样一个地方，用树枝盖得严严实实。"

"有人试图把船藏起来。"我旁敲侧击地说。

"亏他们想得出来！我每次都把船放回原来找到的地方。我不在意别人用不用。你知道，只要别把船弄坏就好。"

我们朝有一片桦树和杨树遮挡住一个小水湾的地方走去。"这该是个藏船的理想场所。"西尔维说，可船不在那儿。"别泄气，"她说，"我们来得那么早。不会有人已抢得先机。等一下。"她走入林中。在一根倒落的圆木后，一丛茂密的矮生松树后面，有一堆大松枝，夹杂着杨树的枝杈、棕黄的松针和树叶。零星处露出柏油帆布的边缘或一角。"瞧那个，"西尔维说，"有人花了不少功夫呢。"她踢开树枝，直至有一边油布和划艇的形状尽显无遗。接着，她抬起船舷，把船翻过来，压在树枝堆上。她用力拉扯先前铺在船下的油布，直至找到船桨为止。她把桨塞在座位底下。当我们推着船在松针间行进时，船发出浑厚、激昂的声响。它硬生生擦过几块大岩石，接着拖行过沙地。我们推船下水。"上去，"西尔维说，"快。"我爬了进去，坐在一条狭窄、开裂的木板上，面朝湖岸。"有个男人在冲我们吼叫。"我说。

"噢，我就知道！"西尔维迈出长长的两大步，把船推出去，然后，一手按住一边的舷缘，连跳带拽，跃入船内。船颠簸得吓人。"我得坐在那个位置才行。"她说。她站起，转身，弯腰抓着舷缘，我从她身体底下和开立的双腿间钻过。一块石头激起水花，离我的脸仅有咫尺，又一块咯噔落入船底。西尔维抢起一支船桨，掠过我的头，将它固定到桨架里，弓身，奋力把我们划离岸边。一块石头从我手臂旁飞过。我回首，望见一个身材魁梧的男子，穿着及膝长靴、黑裤子和红格子夹克。我看得出他戴了一顶扁塌塌的毡帽，渔夫在上面缀以怪诞的小亮片、羽饰和锋利的鱼钩的那种。他的声音

147

里怒气冲天。"且别理他。"西尔维说。她又划起桨，我们到了别人追不到的地方。此前那名男子追我们一直追入湖里，到水淹至他的靴帮上沿才罢休。"大姐！"他喊道。"别理他，"西尔维说，"他总是那样。如果他以为有人在看他，只会更来劲。"

我回身望着西尔维。她摇船的动作有力而轻松。到了离湖岸约一百码处，她掉转船头往北。那名现已回到湖滩上的男子仍在大吼大叫，气得跳脚，并朝我们投掷石头。"真是可怜，"西尔维说，"总有一天他会心脏病发作。"

"这想必是他的船。"我暗示说。

西尔维耸耸肩。"或他也许只是个疯子，"她说，"我可不打算回去找出究竟。"我们险些被抓，她的平跟船鞋进了水，外套下摆湿了，她不为这些所扰，镇定自若。我不知不觉心生好奇，这是不是就是她回家时口袋里有鱼的原因。

"你不冷吗，西尔维？"

"太阳快出来了。"她说。指骨镇上方的天空黄灿灿的。几缕细长的云彩闷燃着，焕发出无比柔和的粉红色。后来，太阳投出一道悠长的光柱，翻过山，接着又一道，像一只长腿昆虫，撑开四足，破蛹而出，随后现身在黢黑的山顶上方，毛发直竖，火红而不可思议。一个小时后，它会变成平凡的太阳，用温和、不带感情的阳光普照一个平凡的世界，想到那儿，我松了一口气。西尔维继续划桨，有力而缓慢。

"你不会相信，有多少人住在这外头的岛上和山上，"西尔维说，"我敢说有一百人。或更多。有时你会看见树林中升起寥寥炊烟。那儿大概有间木屋，里面住了十个小孩。"

"他们光是打猎和捕鱼吗？"

"主要是。"

"你见过他们中的任何一人吗？"

"我想我见过，"西尔维说，"有时，若我觉得看见了炊烟，便会朝那儿走去，几次，我确信身旁有小孩。我几乎能听见他们的声音。"

"噢。"

"那是我口袋总装着饼干的一个原因。"

"原来如此。"

西尔维将船划过金光闪闪的水域，顾自微笑。

"我告诉你一件事。你可能会以为我疯了。有一次，我试图逮住一个。"她笑了起来，"你知道，不是设陷阱，而是用棉花糖诱他出来，这样我就能见到他。如果再来一个小孩，我该怎么办？"

"所以你的确见过有人。"

"我只是把棉花糖插在一棵苹果树的枝丫上，连续几周几乎天天如此。然后我坐在某个他们看不见的地方——那儿还有一级门阶，两旁长了丁香花。当然，屋子本身已于多年前陷落进地窖里。我就坐在那儿等，可小孩没来。我略感放心，"她说，"那样的小孩，说不定会用爪子抓人或咬人。可我真想看他们一眼。"

"那儿在我们现在要去的地方，对吧。"

西尔维含笑点头。"如今你知道了我的秘密。或许你会有更好的运气。至少我们不必赶时间。之前为了你和露西尔要准时回家，真教人为难。"

西尔维划啊划，我们在湖水的拍打和推挤下吃力地徐徐而行。西尔维望着天空，没有再说话。我的目光不时越过船舷，盯着浑浊透光的上游水面，像玛瑙一般幽晦蒙昧。我看见鸥鸟的羽毛和鱼儿的黑影。晕黄的天空落下破碎的倒影，溢过一个接一个水波流转的浪尖，像泼洒在丝缎上的光一样。鸥鸟飞入云霄，到依稀可见时依旧白洁无瑕。往东，山峦隐没。往西，群山矗立在和煦的阳光里。破晓及其喷薄的态势，总令我想到天国，一个我向来清楚自己不会安逸舒适的地方。它们教我想起外祖父的画，我一直把那些画看作他对天国的遥想。是他把我们带到这儿，带到这个冷冽、受月亮引力作用的湖泊，把我们拖在未来的他身后，一如他画在五斗柜上的婴儿。他们的衣饰漂浮在某种永恒的水流中，也许是会把他们从那涂了彩釉的天空中吸落下去的旋涡边缘，他们被剥光了衣服、尖叫。西尔维的桨激起团团旋涡。她把几片树叶按入水中，让一根羽毛蜷曲成螺旋状打转。使我们微微往湖中央偏斜的湍流，是河的引力，不是旋涡，但我外祖父的最后一次迁徙让他落脚在了湖底。西尔维的船似在沿着每道浪的西侧滑行。我们会兜一个圈子，永远到不了岸，倘若有旋涡的话，我心想，我们会给拖进下面更黝黯的世界里，别的声音会灌入我们的耳朵，直至像在其中找到了曲调为止。水的景象会侵入我们的视线；水的滋味会侵入我们的脾胃，松解我们的骨架。我们会了解那个地方的季节和习俗，仿佛别无其他。试想，我的外祖父多少年来靠在普尔曼氏客车的卧铺上，透过一扇蓝色的小窗凝望初晨。他也许会看见我们，以为又是梦见在笔下的天空里惊飞却轻盈的幽灵，浮游在一种不可触知的元素里。当我们的黑影掠过后，他也许会看见沐浴在日光下的月亮，一块无颚、内嵌的碎片，将之视为他在玻璃上的倒影。当然，他在数英里外，数英里外的南边，桥的脚下。

最后，西尔维将我们划向一个突入湖中的宽阔的岬角。我能看到，伫立在延伸出岬角的那座山后，一座与其相依的山，有一面崎岖不平的坡。石头露出粉红色，像狗耳朵上的伤痕。"从这儿你能看见那地方的位置，"西尔维说，"他们就在那些峭壁旁筑屋。"她摇到岸边，我们爬下船，把它拖到河滩上。

我跟随西尔维，沿着岬角的堤岸往内走。

环绕峡谷的群山排得格外紧密，一座挨一座。冰川融化的狂流，以万古千秋的徐缓破坏力，使地貌一片狼藉。从群山围就的裂缝或峡谷里，吐出一环海绵状的土壤，灌木蔓生。我们沿着地表径流和雨水留下的深邃、布满鹅卵石的河床向上攀登，来到西尔维向我描述过的那个地方。发育不良的果树林、丁香花、石头门阶和陷落的房子，一切皆白茫茫的，蒙着一层盐霜。西尔维冲我嫣然一笑，"很美，是不是？"

"很美，可我不懂怎么会有人愿意住在这儿。"

"阳光照下来时这儿真的美极了。过一小会儿你就会看到。"

"好吧，不过我们别在这儿等。太冷了。"

西尔维瞥了我一眼，略带惊讶，"可你要守候那些小孩子呢。"

"哦，好吧。"

"嗯，我觉得你最好就待在一处别动，切莫出声。"

"好，可这儿太冷了。"

西尔维耸耸肩。"时间还早。"我们走回岸边，找了几块可以靠坐的岩石，避风、朝阳。西尔维交叉双脚，抱拢手臂，看上去像是睡着了。

过了一会儿，我说："西尔维？"

她露出笑容。"嘘。"

"我们的午餐呢？"

"还在船上。你说得也许对。让他们看见你吃东西，说不定是个好办法。"

我找到一袋棉花糖，在西尔维用方格台布包起来的零碎里，那是她带来的午餐——一根黑香蕉，一块叉着刀的萨拉米腊肠，孤零零一只金黄的鸡翅，犹如一个优雅、不起眼的失败手势，还有一包仅剩底里五分之一的薯片。我撕开玻璃纸，取出棉花糖装满口袋，然后坐到西尔维旁边，用漂流来的木头生了一小堆火，拿树杈从棉花糖软软的中间穿过，放在火上，直到着火为止。我任棉花糖灼烧，直至变得像炭一样黑，然后用手指剥去轻飘的外壳，吃掉糖，把仍黏着树枝的乳状部分放在火上，直到着火为止。那个早晨就这样过去了。

西尔维站起，舒展身体，朝太阳颔首，那是一轮又小又白的冬日的太阳，斜悬在天顶，不过无疑已是正午时分。"我们现在可以上去了。"她说。我跟着她再度走入山谷，发现里面变化极大。阳光仿佛施法，让此前看似贫瘠、像盐巴般干燥的冰霜开出了花朵。草儿闪现花瓣的色泽，从棵棵树上洒落的水滴，像花瓣一样不计其数。"我告诉过你很漂亮。"西尔维说。

想象有一个迦太基播撒下盐，播种的人都走后，种子仍然在土里埋了很久，最终长出了繁茂的叶片和树木，成分是白霜和盐水。在这样一个园中的花开会是什么情景？光会迫使每片盐萼打开棱晶，结出密集、明亮的水球——和桃子、葡萄不相上下，在盐的世界里，更需水的滋润。需求可以发展成为其所要求的全部补偿。渴望和拥有，宛如事物和它的影子。浆果在舌头上爆裂，释放的甜度何时跟人们亟欲品尝它时一样，这份口感何时被折射成如此多样的色调和滋味，喻意成熟和大地，我们的感官对任何一样事物的认识，何时像在缺失时那么彻底？如此一来，又是一个预兆——世界将会整合统一。盼望头发上有一只手，就等于感受到手的存在。所以，不管我们失去什么，汲汲的渴求会把它交还到我们手中。虽然我们在梦中几乎识别不出来，但热切的想望，好像天使，养育我们，抚平我们的头发，给我们捎来野草莓。

西尔维不见了。她没留下一句话，悄无声息地离开。我猜她必是在捉弄人，也许正从树林里监视着我。我假装不晓得只剩我一人。我能理解，西尔维为什么相信这儿可能会有小孩出没。任何小孩，只要见过一次那闪亮的水如何洒在枝尖，滚圆，滴落，使每棵树脚下软化的冰霜黑影变得坑坑洼洼，便定会回来再看。

如果那儿有雪，我本会堆个雪人，一个站在甬道旁的女子，被树包围。小孩子应该会走近，来打量她。罗得的妻子变成不毛的盐柱，因为她满怀失落和哀痛，回望了一眼。[1]

---

[1]《圣经》第一篇《创世记》中描述了罗得的妻子在天使督促下离开家园途中，由于违反天使的命令回望了一眼而被变成盐柱。

可在这儿，罕见的花朵会在她的秀发里、她的胸前、她的手中熠熠生辉，会有小孩簇拥着她，爱她，惊叹她的美貌，嘲笑她奢华的饰品，仿佛是他们将花插在她的秀发里，又把所有花扔在她脚下。他们会宽恕她，热忱而慷慨地，宽恕她的回首，虽然她从未请求宽恕。虽然她的手是冰，没有抚摸他们，但对他们而言，她胜过母亲。她如此沉静，一动不动，而他们却是这样一群无父无母的野孩子。

我走出山谷，经过入口处的小片石帷裙。岸上空无一人，照例阒静无声。西尔维想必是在岬角的山上，我心想。我猜她把船藏到了更安全的地方。既然她深信这些林中住了人，那么对她而言，那算是合理的预防措施。我坐在一根圆木上，一边吹口哨，一边对着鞋尖丢石头。我明白西尔维为什么觉得树林里有小孩。我也这么觉得，但我相信没有。我坐在圆木上，不停地朝鞋子扔石头，我知道，无论多快转身回望，我身后的意识都不会仍留在原地，等我再转开时，只会靠得更近。即使它就在我耳旁说话，似乎时常给人一种正要行动的感觉，待我转身，那儿还是什么都没有。在那方面，它固执、顽皮、粗野，和缺乏管束、孤单寂寞的孩子一样。这是露西尔和我在一起时我们会置之不理的东西。整个秋天，我一直避开湖岸，因为当我也独自一人，我的孤单显而易见时，要漠视这种戏弄，会困难许多。拥有一个姐妹或朋友，好比夜晚坐在一间亮灯的屋子里。外面那些事物，若它们想要，可以注视你，但你无须看它们。你只要说，"这是我们注意力的边界。假如你在窗户下流连徘徊，直到蟋蟀停止鸣叫，我们会拉上窗帘。假如你盼望我们忍受你嫉妒的好奇心，就必须准许我们不予理会。"无论谁，但凡拥有一条坚实的人与人的纽带，皆那么自鸣得意。这种自鸣得意。和舒适感、安全感一样，都是孤苦伶仃之人所垂涎和艳羡的。可以这么说，如今，我因为一无所有的时间已够久，所以在自己身上察觉到这一点。如今，既无门槛，也无窗台横在我和这些受冷挨冻、举目无亲的孩子之间，他们几乎贴着我的脸颊呼吸，几乎快碰到我的头发。我决定回上面去，到地窖旁等西尔维，她会在无意间找到我。

日光移到了山谷东侧的岩壁上，暖暖地照着连排参差不齐、走势陡峭的乌黑老树，它们生长在那些高地上。底下只有阴影和一股风，径直吹向与我膝盖齐平的湖面。丁香花窸窣作响。石阶冷得教人坐不上去。起先这儿似乎没有一样让我感到舒适的东西，我把手塞进口袋，用手肘夹住两肋，在心里咒骂西尔维，那是一种纾解，使我在除了树林以外有事可想。我努力思考起别的事情。假如我去下面的地窖里，那里吹不到风，可以生堆火，暖和身子。那不容易办到，因为地窖包纳了老屋的废墟。

　　有人在那儿拾过荒。屋顶的大部分木瓦拆走了，余下的支杆和木板，全部加起来，似乎远远不够造一座房子。横梁折断了，无疑是被雪压的。那大概是灾难的开端，之后也许延续了几周或几年。我曾听说有一户人家，住在与湖北岸相隔一段距离的地方，因积雪高至屋檐而受困其中，房子开始塌落。他们把厨房的桌子倒放过来，顶住横梁中部，但屋顶已与两端的墙壁松脱，风钻进来，墙压得窗框下陷变形，玻璃全部碎裂。他们只好用雪堵住所有缺口。他们说，他们几乎不敢让炉子里的火烫到可以加热饮用水，因为担心雪，唯一支撑起房子的雪，会濡湿、移位，把房子拉倒。据闻那户人家有十七口人，他们晚上像柴火一样人叠人，盖着十九条被子和同样数目的钩织地毯，靠这样活了下来。据说那位母亲一直在炉子上炖着一锅水和醋，往里加入他们所有鞋子的鞋舌，还有剪下的头发、胡髭、手指甲、松脂、一对鹿角和一根长柄鞋拔——他们靠这卤汁维生，把汁浇在雪上，省着喝。然而这是故事的一面，人们往往会夸耀历经的艰难困苦，没有别的值得一提的东西。

　　指骨镇山里的房子一般都建得和这座一样，把木板垂直钉在构架上，每道接缝处钉上两英寸左右宽的木条，封住空隙。若房子开始倾斜，堵住缝隙的地方会迸裂，松节鼓出来，多半窗玻璃会塌落，必须花更大力气才能打开门，直到最后关不上为止。我猜想，这种建房法，是在比较温和的气候下所形成的习惯。我不明白人们为何坚持不改，这频频让人无家可归，次数多到连指骨镇都为之惊骇。一旦通往邻近避难所的道路因积雪受阻，等雪融化后，就再也看不见那户人家了。树林里处处是这样的故事。事实上，这类故事之多，在一定时候，想必发生过一场大规模的出走或人口剧减。如今树林里杳无人家，连城镇附近也一样——数量显然稀少到不足以证明有过这样一个庞大的祖先部落——连先人，像那些似乎的确存在过的，也因偶然的集体性抹消而湮没无闻。

　　然而，在废弃的家园中，像这样的非常罕见，也许关于丧生的拓荒者的种种传说，都源自同一个，散播到四面八方，好比一声报警的啼叫，经过群鸟的接力，传遍整片树林乃至天空。也许住在这间屋子里的，本是这儿所有的山。当屋子崩毁时，也许无形地把山抛向风中，像孢子一样，从一个暗哑的荚中冒出成千上万或数百万粒，没有理由相信，有谁曾听过，或会听过，关于露宿在这些山里的人们的全部传说。大概正因为如此，他们看见我孤身一人时，居然会伸手扯拉我的衣袖。你也许注意到过，在汽车站的人，倘若得知你也是一个人时，他们会斜眼瞥你，表情既犀利又亲昵。假如你让他们坐在你旁边，他们会讲冗长的谎言给你听，关于无数现已身亡的孩子、美丽却残忍的母亲。每次，他们会告诉你，他们遭到遗弃、背叛，或希望落空——他们不应该孤身一人，只有引人瞩目的事件，像在书本里读到的那种，才会把他们的境遇推向极端。正因为如此，即便说的事情是真的，他们依然眼神闪烁，双手好动，热衷于巨细靡遗的详述，和明知自己在撒谎的人一样。因为一旦落入孤单，便不可能相信人本还会有别的状态。孤独是终极的发现。一个人在亮灯的窗户旁从里向外望，或在湖边从上往下看，见到的是自己在亮灯房里的映像，是自己被树和天空环绕的倒影——这种欺骗显而易见，但依然讨人喜欢。然而，当一个人从暗处望向光明时，见到的是这儿与那儿、此与彼的各种差异。无家可归的人，也许内心都是愤怒的，他们会敲碎屋顶、梁柱、拱肋，砸烂窗户，水淹地板，绞拧窗帘，泡发沙发。

我动手从地洞里抽出松动的木板，在正面右边的角落。木板已经开裂，布满缠结的钉子，但我还是将它们抽了出来，丢到身后的地上，俨然一副完全有意或有目的为之的样子。那是项艰难的工作，但我多次发现，当人空闲时，简直无法忍受有人看你、注视你的目光。当人空闲又孑然一身时，这种孤独的尴尬几乎无止境地复加深化。因此，我不停地干啊干，直到头发尽湿，双手磨破生疼，心中怀揣的，想必似是狂野的希望，或绝望。我开始幻想自己是救援人员。小孩子一直睡在这间坍塌的房子里。很快，我将挖到他们因泡了雨水而发硬的睡衣褶边，挖到他们纤小、骨白色的脚，脚趾像花瓣一样全凋零了。也许为时已晚。他们躺在雪下，度过了数不尽的寒冬，那真遗憾。但放弃希望，等于不可挽回的背叛。

我幻想自己身处他们的境地——这不难办到，因为我外祖母房子里那副相对坚固的面貌，是骗人的。那是用钢琴、用带涡卷线条的沙发和摆满历书、吉卜林及笛福作品的书架造就出的印象。就这些物品所提供的种种结实稳固的表象而言，那也许更该被视为危险的负担，压在一栋脆弱的建筑上。我能轻易想象出钢琴轰然掉到地窖的地面上，所有琴弦响作一团。另外，我们的房子也不该有二层楼，如果倒塌时我们正在睡觉，会悲惨地在黑暗中陡直下坠，知道的也许无非是我们的梦骤然变成噩梦、骤然梦醒而已。还是一间小屋更好，崩毁时优雅得体，好像成熟的豆荚或荚果一样。尽管我给自己编了各种故事，但我清楚，没有小孩子困在这片枯竭的废墟里。他们轻飘、干瘦，彻底适应了寒冷的天气，对他们而言，被驱逐到树林里，简直是场儿戏，即便没了眼睛，断了双脚。一无所有更好，最终，连我们的骨骼也会垮掉。一无所有更好。

我在草地上坐下，草地冻得发硬，我用手捂住脸，任皮肤紧绷，任寒意一波波涌来，好似微风吹拂的水面，侵袭在我的肩胛骨之间和脖子上端。我任冷得教人麻木的草触碰我的脚踝。我思忖，哪儿都没有西尔维，过些时候，天会黑下来。我思忖，让它们来破除我的这具肉身，撬开这座房子吧。如今它不是避难所，它只是把我孤零零幽禁在里面。我宁可和那些孩子在一起，只要能见到他们，即便他们转身不理睬我也行。假如可以见到母亲，不一定非要是她的眼睛、她的头发，不一定非要触摸她的衣袖。她高耸而略微弯曲的肩膀也早已不再。湖水已把她带走，我知道。离黑暗浮起她的头发过去了如此之久，再无可以梦见的东西，但时常，她近乎溜进我眼角余光瞥见的每扇门里，是她，没有变化，没有消亡。她是一支我不再用耳朵听见的乐曲，在我脑中回响，其本身，仅仅本身，失去全部知觉，但并未消亡，并未消亡。

西尔维把手放在我背上。之前她一直跪在我身旁的草地上，我没注意到。她盯着我的脸，一言不发，敞开外套，包住我的身体，别扭地搂紧我，让我的颧骨枕在她的胸骨上。她跟随某支没有唱出口的悠缓的歌谣，摇动我俩的身体，我贴着她一动不动，藏起那份尴尬和不适，让她可以继续抱着我摇摆。我的外祖母以前时常忘记她把大头针别在衣服胸前，时常把我拥在怀里，贴得特别近，我会尽量靠着她不动，因为只要我一扭身子，她就会把我从腿上放下来，弄乱我的头发，转身离去。

不知为何，西尔维的外套内里有股樟脑的味道。那味道十分怡人，像雪松的树脂或熏香，哀婉忧伤，抚慰人心。她的连衣裙的面料是密不透水、质地干硬的棉布，外面套了一件奥纶毛衣。裙子谅必是棕色或绿色的，毛衣是粉红或鹅黄，可我看不见。我向下缩拢身子，让西尔维的外套把渗入我眼睑的光也遮挡住。我说："我没看见他们。我看不见他们。"

"我知道，我知道。"她说。那是她摇晃我时所唱的歌曲。我知道，我知道，我知道。她低吟浅唱。"下一次，下一次。"

我们起身离去，西尔维脱下她的外套，给我穿上。她把扣子从头扣到尾，竖起宽阔的男士衣领，包住我的耳朵。接着，她用双臂环住我的肩膀，关怀备至地领我往山下的岸边走去。仿佛我是个盲人，仿佛我可能跌倒。我能感受到她从我的依赖中获得快乐和满足，她不止一次俯身细看我的脸，表情专注而投入，没有一丝距离或客套的意思。她仿佛在镜中端详自己的脸。我气她丢下我那么久不管，既不请求原谅也不解释，而且通过遗弃我，僭取了这份施予丰厚恩典的权力。确切地说，我穿着她的外套，像得到上天的至福，她的手臂搂着我，像主的慈悲一样鼓舞人心，我不会说出任何可能让她松开环抱或退却的话。

船已下了水，拴在一条短绳上，荡漾起伏，西尔维用石头压住绳子。她把船拉到岸上，掉了个头，让我可以跨过船舷，无须沾湿脚。

　　那是傍晚时分。天空像一颗对着光的鸡蛋，隐隐生辉。湖水灰蒙蒙的，波浪竭尽所能地上涌，连绵不断。我侧身躺在船底，把手臂和头搁在开裂的木板座位上。西尔维爬进来，双脚分立在我两侧，站稳，转过身子，用桨把我们撑离湖岸。接着，她开始探身、摇桨，探身、摇桨，似乎不费吹灰之力。我躺着，像荚果里的一粒种子。浩瀚的湖水在我头底下发出沉闷的声响，我感到我们的生还归因于我们的纤薄，感到我们像枯叶一般，翻飞过凶险的激流，之所以没有倾覆，是因为承载我们的废墟旨在迎接更宏伟的事物。

　　我漫不经心想着我们可能会倾覆的可能。毕竟那是世界的秩序，水会渗过荚果的缝隙，不管能闭合得多紧、多密封，生来都注定要破裂。那是世界的秩序，外壳会脱落，而我，中间的那一小点，那粒沉睡的胚芽，会膨胀扩张。譬如说，拍打船舷的水泼溅进来，我膨胀、膨胀，直到撑破西尔维的外套。譬如说，水和我把划艇压沉到湖底，我，奇迹般，血盆大口地，把水饮入每个毛孔，直到最后一条黝黑的脑沟变成细流、满溢为止。鉴于注满空间、迫至充塞和溃决是水的天性，我的头颅会异常鼓胀，我的背会对着天空隆起，我的巨型身躯会使脸颊生生顶着膝盖，无法动弹。随后来临的大概是某种形式的分娩，可我的第一次诞生几乎名不符实，我怎么会对第二次有更高的期许呢？唯一真正的诞生是一次终结性的，让我们脱离水中的黑暗，停止思考水中的黑暗，可这样的诞生能想象吗？毕竟，思考是什么，做梦是什么，不就是泅水和流动，以及似乎是由它赋予生命的画面吗？那些画面是最痛苦的。站在漆黑的屋外，望着一名女子在亮灯的房间里端详窗户上她的脸，朝她丢一块石头，打破玻璃，然后眼看窗户又自行弥合，嘴唇、喉颈和发丝的明亮碎片，重新天衣无缝地拼合成那个陌生、冷漠的女子，那多教人难受。看见一面破碎的镜子愈合，照出一个做梦的女子在绾起头发，那多教人难受。在这点上，我们发现自己与水格外相似，和水面的倒影一样，我们的思念不会承受改变的冲击，不会承受永久的迁移。思念以表面看似的轻薄嘲弄我们。假如那是更实在的物质——假如它有重量和体积——它会下沉或被平常的水流冲走。可思念萦回不去，不受这世界蓬勃、毁灭的能量左右。我想那必定是我母亲的计划，划破这明亮的表面，潜入底下，向着最深处的黑暗航行。可她人在这里，在我目光落到的任何地方，以及我的目光背后，完整又支离。一个动作的一千幅映像，永远无法驱散，一直浮现，不可避免，像个溺水的女人。

我睡在西尔维的双脚之间，在她伸出的手臂下方。偶尔，我们中的一人开口讲话；偶尔，我们中的一人作出应答。我肋下的空洞处有一汪水，水几乎是暖的。"指骨镇。"西尔维说。我起身，坐在脚后跟上。我的脖子僵硬，臂膀和手发麻。岸上有一小片稀少零星的灯火，但仍相距甚远。西尔维把我们摇到了桥边，她正在努力操持船桨，防止激流把我们冲下去。

　　我很熟悉那座桥。它始于湖岸上方，比水面高出三十英尺左右。桥体上生锈的螺钉和涂了焦油的桩子，历历在目。从近处看，桥的构造粗陋简单，但隔着距离，桥长和湖的壮阔使桥显得脆弱纤细。如今，月光下，桥在我们头顶若隐若现，通体乌黑，黑得像烧焦的木头。当然，每根桩子和大梁之间，波浪翻滚、拍打、涓涓流淌，持续、亲密、迂回，好像黑屋里的啮齿动物一样以所有者自居。西尔维将我们往桥外划了几英尺，随后我们又漂回去。"西尔维，我们为什么待在这儿不走？"我问。"在等火车。"她说。假如我问我们为什么要等火车，她大概会说，想看看火车，或说，为什么不呢，或是，既然来了，不妨看一下火车经过的情景。我们的小船颠簸摇晃，我惊骇于身下流动不止的水。假如我跨出船舷，脚会落定在哪儿？说到底，水简直和虚无一样。它与空气的显著不同，仅在于具有泛滥、浸润、淹溺的特性，而且就连这点差别可能也是相对而非绝对的。

在我的外祖母没有醒来的那个早晨，露西尔和我发现她蜷缩侧卧，两只脚抵着一团皱巴巴的被褥，手臂上扬，头后仰，发辫拖曳在枕头上。她仿佛溺毙在空气中，跃向了苍穹。我的外祖母，在云层封盖住灾难过后那么久，在种种救援的希望已遭遗忘后那么久，终于冲破水浪的泡沫时，在那几个逗留不走的办事员中间，到底激起了怎样的欢乐，如此高抛有绉绸镶边的帽子，如此热烈地用戴着手套的手击掌。他们想必是忙不迭地冲上前去，用自己的外套裹覆住她，也许还会拥抱她，他们每个人，无疑都因有感机遇非同小可的意义而心潮澎湃。我的外祖母会扫视各个岸边，看看天国和爱达荷州有多么相像，在壮大的人潮中搜寻熟悉的面孔。

西尔维把船摇到离桥相当远的地方。"应该不用很久。"她说。月亮皎洁，但在她身后，所以我看不清她的脸。丰沛的月光令星辰黯然失色，我极目远眺，湖上洒满一层光。船在月光下泛出浮木的颜色，和白天时无异。涂了焦油的桥身，比在日光下显得更黑，但只是黑一点点而已。光亮在西尔维周身勾勒出一轮类似的灵光。我能看见她的头发，但不是她头发原本的颜色；能看见她肩膀，她手臂的轮廓，以及船桨，桨不断搅乱无形无色的碎光。指骨镇的灯火已开始灭去，但因为此前并没增加光的总量，所以也不会有减损。

"还要多久？"我问。

西尔维说："嗯？"

"还要多久？"

西尔维没有作答。我静静地坐着，拉拢身上她的外套。她轻声哼起《艾琳》，于是我也哼了起来。最后她说："在看见之前，我们会先听到声音。桥会晃动。"我们都静静地坐着，后来我们唱起《艾琳》。在夜色与湖水之间，风湿冷得像硬币，我一心想换个地方，那儿，加上月光，使世界显得辽阔无垠。西尔维没有时间观念。对她而言，小时和分钟是火车的名字——我们在等九点五十二分那辆。西尔维显得既耐心又急躁，正如她显得既自在又局促一样。她一味安静，除非唱歌，她一动不动，除非是划桨把我们从桥下往外摇。我讨厌等待。如果说我有什么特别的怨言，那就是，我的人生似乎尽由期待组成。我期待———一次抵达，一番解释，一个道歉。一样都没有过，也许我本可接受这个事实。若不是每当我适应了某一时刻的界限和维度时，就会又被推入下一个，让我重燃好奇，想知道是否有任何幽灵隐藏在这个时刻的影子里。虽然大部分时刻大同小异，但那并未完全排除下一个时刻也许会截然不同的可能。因此，人们需要目不转睛地关注日常生活。每个沉闷乏味的小时，都有可能是最后一次那样的时光。

"西尔维。"我说。

她没有答应。

眼前的任何时刻都只处于思考，思考的事物，在质量和重量上，与浮现出它们的黑暗相称，就像倒影和衬托它们的水面一样。同理，思考也是恣意无章，或根本不由自己做主的。每个探身往池中张望的人即是池中的那个女子；每个盯着我们眼睛的人，即是我们眼里的那幅映像，这些是确凿而无可争辩的。因此，我们的思想，反映出从我们思想面前掠过的事物。但问题丛生。例如，我外祖父乘坐的那列火车的残骸，在我脑中比实际我若亲眼看见的更加清晰（因为意识的眼睛不会被黑暗完全阻隔）；又例如，我前方那个没有脸的人影，可能是海伦本人，也可能是西尔维。我喊她西尔维，她没有答应。那教人如何分辨？假如在我眼里她是海伦，怎么可能其实不是海伦呢？

"西尔维！"我说。

她没有回应。

我们再度向桥漂流而去，在快到桥下时，大梁开始嘤嘤作响。她把手掌贴在一根桩子上。响声越来越大，一阵颤动传遍整个桥身。整座长长的桥像脊椎一样灵敏、紧张，伴着一声警笛而鸣咽，我无法根据声音分辨火车会从哪个方向驶来。她搁下船桨，我们在桥底下越荡越远。她伸手抱住膝盖，把脸埋在里面，她摇啊摇啊摇，摇得船微微倾斜。

"海伦。"我轻声喊道，可她没有作答。

随后桥开始隆隆地震动，仿佛要塌了似的。每个接合处受到剧烈磅礴的冲击。我看见一束光，像流星般划过我的头顶，接着嗅到热烘烘、刺鼻的黑色机油味，听见车轮摩擦铁轨的声音。那是一列很长的火车。

她站起。船左右摇摆，湖水泼溅进来，打在我们脚上，她转头望向身后。我急忙伸手抱住一根桩子，以防我们翻船。最后一节车厢从我们头顶经过，加速离去。她用手指梳理头发，说了些悄不可闻的话。

"你说什么？"我嚷道。

"没什么。"她翻转双手，朝桥和水挥舞，放眼凝望月光下的湖面，把头发向后捋平，从她的姿势里看不出她记得自己是在船上这回事。假如她跨过船舷，连衣裙的下摆在她身体周围翻腾；她举起的手臂，从月光的缝隙中滑入越冬的湖泊，我大概不会吃惊。

"西尔维。"我说。

她说："可能原本也看不到太多东西。他们熄了灯，让大家可以睡觉。我刚好思想开了小差，结果突然，它就到了我们上方。但动静很大，对吧。"

"我希望你能坐下来。"

西尔维坐下，拿起桨，将我们再度摇离桥。"那列火车肯定就在我们下面，在这附近。"她说。她把身体探出船外，端视水面。"许多人从山上涌来。像过独立日似的，只是张挂的是黑色的旗帜。"西尔维笑起来。她转了个方向，往另一侧的船舷外俯视。

风渐起，船浮在水里，略显几分沉重，因为水已盖过我们的鞋子。我用手舀起一些，泼到船外。西尔维摇摇头。"不用害怕，"她说，"不用担心。什么都不用。"她把手往湖里一浸，让水从手指上滑落。"这个湖里一定人山人海，"她说，"我从出世以来听过无数故事。"转瞬，她笑了出来。"可以打包票，那列火车上有许多无人知晓的乘客。"她的手拨弄湖水，好像水并不冷似的。"我从不认为那是逃票，"她若有所思地说，"只是给自己找个空位，不妨碍大家——安然无事。甚至没有人知道你在那儿。"她静默了许久。"大家都搭乘了那辆火车。几乎是全新的，你知道。豪华型。休息车厢里有枝形吊灯。每个人都说他们坐过那趟车——我所有的昔日友人，或是他们的母亲坐过、他们的叔叔坐过。那列车家喻户晓。"她用手指梳理湖水，让水从指缝间滤过。"所以货车车厢里想必有很多人。谁知道有多少呢。他们全在睡觉。"

她说："你永远不知道。"

我发现，我的脚从脚踝往下消失在一抹月光中。当西尔维移动或做手势时，那片光泛起褶皱，黑影落在上面，可就在那一刻，她仰靠在船首，手拖曳到水中。我忽生好奇，想知道这所有的月光集在一起，假如能够从必需的高度俯望，是否会造出一幅月亮的映像，带着代表眼窝和嘴巴的阴影。

"你不冷吗，西尔维？"我问。

"你想回家吗？"

"好啊。"

西尔维抓起桨，开始把我们往指骨镇摇去。"我在火车上睡不着，"她说，"那是我做不到的一件事。"风从岸上刮来，湍急的水流一直把我们载向桥。她划啊划，但就我所见的，我们几乎原地未动。指骨镇熄了灯火，桥桩一个个没有区别，所以无法确定。可望着西尔维，感觉很像在做梦，因为那动作永远一样，机械、使劲、无果、重复，不是一组动作中的一个，而是同样的动作不断重复，这正是奥秘所在，假如人们能够发现的话。我们只是看似与湖底古老的残骸拴在了一起。其实是风让我们在那儿逡巡不前。离开我外祖父空洞的视线不无可能，但需要极大的力气。西尔维搁下桨，交抱双臂，我们荡漾着，又和湖岸渐行渐远。

"让我划划看。"我说。西尔维站起，船一阵晃动。我从她的两腿间爬过去。

我的左臂一贯比右臂有力。每次同时划过两桨后，必须单独再划一次右桨，最后我放弃了与桥保持并排的主意。循着桥是最快捷的回家途径，或说若能有任何进展的话，本该如此。可事实是，我任激流把我们带到桥下，并继续往南。风势不减，湖岸遥不可及。我搁下桨。西尔维交叠手臂，把头枕在上面。我能听见她在哼歌。她说："我想吃薄煎饼。"

我说："我想吃汉堡。"

"我想吃炖牛肉。"

"我想要一件貂皮外套。"

"我想要一块电热毯。"

"别睡着，露西。我不想睡觉。"

"我也不想。"

"我们来唱歌吧。"

"好。"

"我们想一首歌。"

"好。"

我们静下来，谛听风声。"真是个特别的的日子。"西尔维说。她发出笑声。"我以前认识一个女的，她整天这么说。真是个特别的日子，真是个特别的日子。她让这句话听起来格外悲伤。"

"她现在在哪儿？"

"谁知道呢？"西尔维笑起来。月亮渐渐在一座山后隐去，夜色转成漆黑。西尔维暗自哼起一首我没听过的歌，每一刻和下一刻没有区别，除了有时我们打个转，有时浪拍打我们的船舷。

"我们本可以把船和桥拴在一起，"西尔维说，"那样就不会远离市镇，不会迷失方向了。"

"你为什么没那么做呢？"

"不要紧。你会唱《雀儿在树梢》吗？"

"我没心情唱歌。"

西尔维拍拍我的膝盖。"如果你想睡觉就睡吧，"她说，"反正都一样。"

结果，当太阳升起时，我们在湖的西岸附近，依旧能望见桥。西尔维把我们划到岸边，我们把船拖上岸，留在那儿，然后爬上公路，走到铁路旁。我在岩石堆上打盹，西尔维留意向东行驶的火车。过了很久，驶来一列货车，分外小心地放慢速度，准备过桥，让我们没费太多困难就攀入一节有盖的车厢。里面一半空间堆满了板条箱，散发机油和稻草的味道。角落里坐着一位印第安老妇，膝盖耸起，手臂夹在两膝之间。她的皮肤黝黑，但前额有一块白斑，白化病使她的一簇头发褪去了颜色，一条眉毛花白了。她裹着一块沾满尘土的紫色披肩，边上镶有流苏，像钢琴的盖布。她一边吮吸流苏，一边望着我们。

西尔维站在门口，眺望湖。"今天风和日丽。"她说。肥嘟嘟的白云，像小天使鼓起的肚皮，飘过天空，碧空如洗，水天一色。人们可以想象，在灭世洪水达到顶峰之际，当整个地球是一团水时，神的宽恕降临。那天，诺亚的妻子打开百叶窗，迎接的想必是一个意在映照出广阔美好的大自然的早晨。我们可以想象，大洪水漾起涟漪，波光粼粼，云朵，在变更后的运行体系下，变成纯粹的装饰。的确，江河湖海里挤满了人——我们从小就知道这个故事。窗口的那位女士，也许曾向往加入那些母亲和叔叔的行列，与骷髅共舞——因为这几乎不是一个属于人的世界——在这虚幻的光线下，赞叹饱满的云彩。眺望湖面，人们会相信灭世洪水根本没有结束。若谁迷失在水上，每座山都可能是阿勒山[1]；而水下，永远是沉积的过去，消失却并未消逝，凋零而残存。试想诺亚的妻子，等她年迈时，在某地找到一处大洪水的遗迹，她也许会走进去，直到媚服漂浮在头顶，水解散她编好的辫子。她会留自己的儿子去讲述那冗长乏味的世代传说。她是个无名无姓的女子，她的家在所有那些从未被人寻获、从未有人思念的人当中。无人纪念他们，无人议论他们的死，或他们的生儿育女。

---

[1] Ararat，据基督教《圣经》载，大洪水后诺亚方舟即停于此。

角落里的那位老妇人斜眼、定定地看着我。她把一根手指伸到嘴巴深处，去摸一颗牙，然后说："她在长身体。"

西尔维回道："她是个好女孩。"

"如你一直所言的一样。"那位妇人冲我眨眨眼。

就这样，我们凌驾于水上，咔嗒咔嗒、摇摇摆摆，驶进指骨镇，西尔维和我在货场爬了下来。

接着我们走路回家。我们蓬头垢面，衣冠不整。但西尔维的外套全然掩盖了我衣服的破损，它罩在我身上，袖子盖过我的指尖，下摆离我的脚踝不到一英寸。西尔维用手指把头发梳向脑后，抱着两肋，摆出一副尊严受伤的表情。"如果他们盯着看，别放在心上。"她说。

我们走过镇上。西尔维把目光锁定在斜上方，比平视高出六英寸，其实没有人盯着看，不过许多人瞥了我们一眼，然后又瞥一眼。在杂货店，我们与露西尔和她的朋友擦肩，但西尔维似乎没注意到。露西尔和其他人一样，穿着圆领长袖运动衫、球鞋和卷起的牛仔裤。她目送我们，双手插在身后的裤袋里。我想我不该让自己引起注意，我清楚露西尔如今对形象的重视，所以只顾往前走，仿佛并未察觉她看见了我。

转入桑树街，我们松了一口气，但那些狗全从门廊跑出来，耳朵后竖，吠叫着，朝我们步步逼近，凶狠的模样，是我从未见过的。"别理它们。"西尔维说。她捡起一块石头。

那似乎刺激了它们。人们走到屋外的门廊上，大喊"过来，杰夫"，"回家来，布鲁图"，但那些狗似乎没听见。从头到尾，发狂的杂种狗一路围攻我们，不断往我们脚边袭来。我学西尔维，做出一副满不在乎的样子。

终于到了家，西尔维生起火，我们坐在炉旁。西尔维找出全麦饼干和脆谷乐麦片，可我们累得没胃口，于是她拍拍我的头，走去自己的房间休息。当露西尔走进厨房，在西尔维的椅子上坐下时，我几乎睡着，或已经睡着。她没有说话。她抬起一只脚，重新系好球鞋的鞋带，环伺厨房，然后说："我希望你能把那件外套脱了。"

"我的衣服湿了。"

"你该换你自己的衣服。"

我累得动不了。她从门廊上搬了些柴火，丢到炉子里。

"随你的便，"露西尔说，"你们去了哪里？"

当时，我本该告诉她的，我是打算要告诉她，只要等我组织好思绪。我开口说，去了湖边，去了桥下，可我衷心认为，露西尔应该得到更好的答案。其实，我非常想告诉露西尔我到底去了哪里，但恰恰因为意识到告诉她这件事的重要性，使我沉入了梦乡。我反复梦见西尔维和我漂浮在黑暗中，不知自己身在何处，或是西尔维知道却不愿告诉我。我梦见桥是一道斜入湖中的凹槽，梦见精巧的火车，一辆接一辆滑入水中，甚至没有惊动水面。我梦见桥是一座烧焦的房子的框架，西尔维和我在找寻住在里面的孩子，虽然我们听见了他们的动静，但怎么也找不到。我梦见西尔维教我怎么在水上行走。如此缓慢的移动，需要耐心和高超的技巧，可她牵着我，跳起极度徐缓的华尔兹，我们的衣衫像画里天使的袍服一样飞扬。

露西尔好像在跟我说话。我记得她说我无须和西尔维住在一起。我相信她提到了我的舒适安逸。她捏着牛仔裤膝盖处松垮的布料，弄出一道折痕；她皱眉蹙额，眼神泰然，我确定她和我讲话时极尽冷静亲切的态度，但话的内容，我一个字也听不见。

9

　　接下来的几周里，治安官来了两次。他长得又高又胖，站
立时收拢下巴，双手交叠在腹下，重心全落在脚后跟。他穿
着一套灰西装，裤子腰部的褶裥格外宽；外有一件夹克，背
部和上臂处紧绷得像沙发套。两次，他都站在前门聊天气。
他的一举一动透出尴尬无比的窘态。他吮吸嘴唇，眼睛只看
着自己的大拇指，或天花板，声音几乎低不可闻。这位大人
是每年独立日游行的领队，穿着鹿皮装和压花皮革长靴，骑
上一匹伟岸、衰颓的枣红马，载着一面插在马镫里的超大国
旗，身后跟着指骨部族颤巍巍的老首领和他有一半爱尔兰血
统的继女，以及女儿在第一次婚姻中生下的几个最年长的孩
子。再后面是军乐队的女指挥。当然，我明白他的作用不只
是形式上的。指骨镇及其周边的居民嗜杀成性。每桩可鄙的
罪行，似乎都会换来一场骇人的意外。由于那座湖和铁路；
由于暴风雪、洪水、谷仓失火和森林火灾；由于猎枪、捕熊
夹、自制烈酒和炸药随处可得；由于孤独、宗教及两者诱发
的盛怒和狂喜普遍成风，还有紧密的家庭关系，暴力无可避

免。留下的诸多残酷、古老的故事，如出一辙，区别只在于雪崩和爆炸的细节。因为太悲惨，只能道给陌生人听，那些基本肯定不会再遇见的陌生人。几十年来，始终是这位治安官，像接生婆般给召去主持这些故事的开幕，这些故事诞生在沟渠或阴暗之所，从事件血淋淋的拦腰处脱胎而出。故而在人们的料想中，他必已铁石心肠。可显然他不好意思敲我们的门——害臊、抱歉得说不出话，让西尔维可以佯称他的来意含糊不明。

虽然有人报了案，但他来不是为了偷船一事；也不是为了我的旷课，我已快到年龄，可以自主选择退学；也不是为了西尔维害我彻夜露宿湖上的事，因为没有人知道我们具体去了哪里。为的是我们搭货车返回指骨镇。西尔维是个未获救赎的游民，她正在把我变成游民。

指骨镇受到震动，燃起深挚的同情。这儿，无人不晓整座镇的根基有多浅，年年洪水泛滥，又遭遇过一次大火。锯木场动不动就关闭，或烧毁。据报道别处并非如此，无论谁，在忧伤的夜晚，都会感受到指骨镇是个艰难的不毛之地。

流散随时可能发生。没有活物，但千秋万古的冲动已把那活物的眼睛置于惊人的肉茎上、把身体夹在甲壳里，使它缩小成一颗微粒，培养它对泥浆的喜好，将它塞入井里或藏在石头底下，不过若有可能那家伙会继续存活下来。所以无疑，指骨镇，这个虽历经种种危难，但有时又显得平凡宜人的地方，也会自珍自重，在若有可能和实际许可的情况下继续存在。所以每个流浪的旅人，他们的出现提醒了大家，指骨镇不妨也随水飘零，或那可能并没什么大不了，从而遭到某些乍看之下像是出于道德感的反击，因为道德阻挡最强力的诱惑。这些陌生人在门阶上得到施食，有时得以在炉旁取暖，缘于一种初看像是怜悯或博爱的精神，怜悯和博爱也许本质上是试图抚慰尚未触及我们的黑暗势力。当这样的一个生命结束在市镇管辖范围内时，牧师会不负众望地说出"这个不幸的人"，仿佛无名氏的坟墓不知怎的比刻有名字的埋得更深。所以游民像幽灵般在指骨镇四处游荡，和鬼一样吓人，因为他们与我们没有太大区别。所以对小镇而言，相信我应该得到解救，相信解救是可能的，那关系重大。假如治安官觉得他不该来敲一户没有发生凶案的人家的门，那说明他看到的，比一般人会看到的多，他将获得宥恕。正因为他对游民的宽容，使他们如此这般的在镇上出没，睡在废弃的房子里，或坍塌的房子的废墟里，在桥下和沿岸搭起他们简陋的小屋或披棚。他们讲话时鲜少让我们听见，也不正眼看我们，可我们偷瞥到他们的面孔。他们好像旧照片里的人——我们不是隔着了解和习惯的面纱看他们，而是简单直接地，当他们起了皱纹或结了疤，在他们惊愕或茫然之际。和死去的人一样，我们可以认为他们的历史已完结，我们只想知道，是什么让他们居无定所、漂泊无依。他们的流浪生活，犹如在付不起路费横渡冥河的鬼魂中间踱步、沉思、侦察。再短暂的人生，无论续篇多长，那依旧不属于历程的一部分。我们推想，假如他们开口同我们说话，大概会用灾难、耻辱和辛酸的故事教我们惊讶，那些故事会飞入山中，留在那儿黝黑的土壤和鸟儿的啼叫里。就如此抽象的悲伤而言，谁能分出我的和你的？悲伤在于每个灵魂的无家可归。指骨镇始终处在流离失所者的包围中。年景不好时，镇上涌满这样的人。夜间，他们在马路上走过，指骨镇的小孩拉起被子蒙住头，喃喃发出古老的祈求。假如他们注定在睡梦中死去，至少，上帝会关照他们的灵魂。

邻里的妇人和教会的妇人开始给我们送来砂锅菜和咖啡蛋糕。她们带给我毛线短袜、帽子和盖被。她们坐在沙发边沿，礼物放在腿上，婉转询问西尔维收集的罐头和瓶子。其中一位女士介绍她的朋友是兼管未成年人监护事项的法官的太太。

我其实很高兴露西尔不用面对这些场面。首先，无论西尔维还是我，都根本不想请邻居进屋。客厅里尽是西尔维带回家的报纸和杂志，考虑到其中有些可能为打苍蝇而卷拢过，那堆叠得颇算整齐，但无论如何，还是占去了房间一端、壁炉所在的位置。此外是马口铁罐头，排在沙发对面的墙壁旁，和报纸一样，一直堆到天花板，尽管如此，占地面积仍很大。当然，假如我们计划招待客人的话，本可以做些别的准备工作，可我们没有。客人扫视那些罐头和报纸，仿佛认定是西尔维觉得这类东西适合摆在客厅。那荒唐无稽。我们压根儿已不把那个房间视为客厅，在引起这些女士的注意前，从未有人上门做过客。一间用于储藏罐头和报纸——毫无价值之物——的房间，谁会想到去扫拂或清除里面的蛛网？我猜，西尔维留着它们，只是因为把积攒看作持家的核心，把囤积无用的东西看作格外节俭、精打细算的证明。

厨房里堆着罐头，还有牛皮纸袋。西尔维知道这种攒集会招来老鼠，所以抱回家一只剩半片耳朵的黄猫，肚子鼓胀，产了两回仔。第一回产下的小猫已长大，会捕食已在二楼筑起巢的燕子。那是有益的好事，可猫经常把鸟带进客厅，弄得到处是翅膀、脚和头，连沙发上都有。

当然，来我们家的那些女士宰杀过飞禽、烫洗过、拔过毛、取过内脏、肢解过、油炸过、吃过，不计其数。但是，她们却因这些燕子和麻雀的残骸而受到惊吓，同样吓住她们的亦有那些猫，数量达十三四只。那些女士只要坐在这间房，或这座屋子里，我知道她们的注意力就决不会涣散，谈话的主题永远不会改变。我总是借口上楼去自己的房间，脱掉鞋子，再悄悄下楼，用这简单的计策，与闻命运的安排，至少是对我命运的安排。

在她们和西尔维的对话中，时常出现沉默。西尔维会说："今年的冬天看似来得比较早。"一人会说："我会叫我的先生来把那些打破的窗户修好。"另一人会说："我的儿子米尔顿可以给你们劈点柴。他需要锻炼锻炼。"接着一阵沉默。

西尔维会说："你们要喝点咖啡吗？"其中一人会说："不用麻烦了，亲爱的。"另一人："我们只是经过，放下连指手套、蛋糕和砂锅菜就走。"另一人："我们不想打扰你，亲爱的。"接着一阵沉默。

一位女士问西尔维她在指骨镇寂不寂寞，有没有找到几个和她同龄的朋友。西尔维回答是，她寂寞，是，找朋友很难，可她习惯了一个人，不介意。

"但你和露西在一起的时间很多。"

"噢，如今形影不离。她好像我的另一个妹妹。她是她母亲的翻版。"

一阵长久的沉默。

那些来和西尔维攀谈的女士，意图清晰，目的坚定，但怯于穿越我们隐私的迷宫。她们对机巧圆滑有一些大体的概念，但缺乏实际运用的经验，所以，为谨慎起见，她们宁可多费工夫，转弯抹角，敌不住窘迫的尴尬。她们遵从《圣经》的训谕，给伤者敷过药膏，护理过病员，安慰过服丧的人，同感他们的悲痛；对于因伤心过度、离群索居而不愿接受她们同情的人，她们提供衣食，尽自己的绵薄之力，以默默的关心，让人接受她们的施舍。纵然她们的行善是弥补其他消遣活动的不足，但她们终究是好心的妇人，从少女时代起就受命表现出基督教仁慈的举动和态度，直到这些举动和态度成为习惯，这种习惯变得根深蒂固，似成了冲动或本能。若说指骨镇在除了孤寂和凶杀以外还有什么引人瞩目的地方，那就是这种纯净无瑕、绝无仅有的宗教狂热。事实上，有几个教会所勾画的罪孽和救赎的愿景，令人心醉神迷，十分雷同，以致一个教会高出另一个的优越性，只能用行善来证明。执行这些善举的责任明确落在妇女身上，因为放之四海，普遍认为女人比男人远更适合担当救赎者的角色。

她们前来的动机复杂莫测，但总体可概括为一个，迫使她们来这儿的原因是虔诚和良好的教养，一种渴望和决心，想把我，可以说安全地留在屋内。最近几个月她们想必注意到我身上的一个倾向，几乎从不梳头，不停地捻弄和咬啮头发。她们无从得知过去几个月里我有开口说过话，因为我只同西尔维讲话。她们有理由认为我的社交礼仪正在受损退化，不久我会在一座窗上有玻璃的干净屋子里感到不自在——我会脱离正常的社会，变成一个幽灵，她们的食物将不能为我解饿，我的手可以穿透她们的羽绒被和梭织的枕套，丝毫感觉不到其存在，也根本得不到慰藉。我像一个得到释放的灵魂，在这儿找到的只有维生所需的事物的映像和幻影。假如屹立在指骨镇后面的山是维苏威火山，假如某一晚山用岩浆把这个地方淹没，寥寥无几的生还者和好奇的人们前来视察这场洪灾，评估损失，用炸药和挖掘机清理乱糟糟的现场，那么，他们会找到石化的馅饼和砂锅菜的化石，给表象所蒙骗。在很大程度上同理，流浪汉，当他们像在天气恶劣时可能的那样摘掉帽子踏进厨房，窥视客厅，喃喃低语，"你这地方真好。"站在任何一个流浪汉近旁的女士明白，即使她抛夫弃子，把他们所有的一切都贡献给这个孤苦无依、无家可归、无处可去的人，迟早他还是会道声"谢谢"，走入夜幕中，成为最饥饿的人类生灵，在此处找不到赖以为生之物，干脆统统舍弃，像被风吹落在墙角的东西一样。这些无名无姓的灵魂，透过她们亮灯的窗户向里张望，没有一丝妒意，不过是把精美无比的晚餐当做自己微薄的应得之物，她们怎么竟都会觉得这是一种审判？

试想诺亚推倒自己的房子，用那些木板造了一条方舟，他的邻居则满腹狐疑地观望。他想必告诉过他们，房子外面应涂以沥青，如有必要的话，应该把房子建成可以漂浮得和云一样高。生菜地毫无用处，良好的地基不仅无用，而且有害。房子应该有罗盘和龙骨。邻居大概会把手插进口袋，咬着嘴唇，溜达回家，回到他们如今发现具有种种他们无法理解的不足的房子里。也许，纵然虔诚，但这些女士不愿看见我落入那因获得神示而惨遭摈弃的境地，人在那种情况下会萌生自己比邻居高出一等的感觉。

"你收到过她们父亲的来信吗？"

西尔维想必摇摇头。

"那费舍先生呢？"

"谁？"

"你的丈夫，亲爱的。"

西尔维呵呵一笑。

一阵长久的沉默。

最后有人说："你知道我们为什么问这么多问题吗？"

西尔维可能点头，或摇头。她没说话。

那位女士不甘心。"有人——我们中的一部分人——认为露西应该——一个小女孩应该过有规律的生活。"

"她经历了这么多不幸和悲伤。"这么多，没错，是的，千真万确，令人同情。的确。

"说真的，她没事。"西尔维答道。

嘀嘀咕咕。其中一人说："她看上去好伤心。"

西尔维回道："嗯，她是伤心。"

沉默。

西尔维说："她不伤心才怪。"她笑起来，"我不是说她应该伤心，而是，你知道，谁会不伤心呢？"

又是沉默。

"家人就是那样，"西尔维说，"当他们不在时，你最能感觉到他们的存在。我曾认识一个女的，有四个小孩，她似乎根本不为他们操心。她会给他们吃刀豆当早餐，从不关心他们穿的鞋子是否成对。这是人们告诉我的。可我认识她时，她老了，家里有九张小床，全铺好床褥。每晚，她依次走到每张床旁，给小孩掖好被子，一遍一遍地重复来回。她只有四个孩子，但等他们全离家后，她有了九个！诚然，她可能疯了。但你们明白我的意思。海伦和爸爸从未离我们那么近。"

沉默。

"如今，我望着露西，等于也看见了海伦。那是家人为何如此重要的原因。别的人走出门，就消失不在了！"

沉默。沙发挪动了一下。

"家人应该待在一起。否则情况会失控。我的父亲，你们认识的，我甚至记不起他的模样，我指的是他活着时的模样。可自那以后，这儿有爸爸，那儿也有爸爸，梦里的……和那有九个小孩的可怜妇人一样。她整夜都在屋里走个不停呢！"

许久无人说话。最后有人说："家人是悲伤的缘由，这是真的。"另一人说："十六年前的 6 月我失去了女儿，如今她的脸就在我眼前。"还有人说："如果能留住他们，那糟糕透顶，但若失去他们——"世界上充满了不幸。就是如此。

"家人应该待在一起，"西尔维说，"应该如此。别无他法。露西和我为我们已失去的人受尽了苦。"那些女士似乎沉浸在自己的思绪中。最后有人说："可是，西尔维，你千万不能让她靠近货车。"

"什么？"

"她不该搭货车到处乱跑。"

"哦，没有，"西尔维笑起来，"就那一次而已。我们太累了，你们要知道。我们一晚上都在外面，我们只是选了最快的方式回家。"

"在外面什么地方？"

"在湖上。"

嘀嘀咕咕。"坐那条小船？"

"那条船棒极了。它看上去不起眼，但一切完好。"

那些女士道了别，把礼物留在沙发上。

我走进客厅，和西尔维坐在地板上，我们一小口一小口吃着她们留下的锅盘里的食物。

"你听见她们说的话了吗？"西尔维说。

"嗯—嗯。"

"你怎么打算？"

房间里光线昏暗。堆成山的罐头发出隐微的蓝光，给人冰冷而忧伤的感觉。我说："我不想谈。"

"我不知道该怎么打算，"西尔维说，"我们可以把这儿收拾一下。"她最后说，"有些东西可以搬去外面的棚屋，我想。"

第二天，我梳好头发去上学，等回到家时，西尔维清空了客厅的所有罐头，已开始动手移除报纸。她在厨房桌上摆了一束假花，正在炸鸡肉。"瞧，这样是不是很好？"她问，接着又问，"你在学校过得好不好？"

西尔维长得很漂亮，但她最漂亮的时候是正好有东西吓住她，让她感到必须以某种方式应付这个世界，于是她干起最平常的活，怀着一份淘气、紧张、怯生生的自觉态度，让这些活显得困难而了不得，就算一点小小的成绩也令她欣喜不已。

"学校挺好。"我说。其实糟透了。我长了个子，套裙穿不下了。每次，一放松意志、停止有意识的自我控制，我的脚就开始跳舞，我就咬噬自己的指关节或捻弄头发。我不能表现出专心听课的样子，因为害怕老师会点我的名，我将骤然成为关注的焦点。我在拍纸簿上画满精雕细琢的人形图案，每当他们似乎变得快要能认出来时，我便将之涂改掉。这用来转移我的心思，克服想走出教室的冲动。那强烈极了，不过我可以指望诺尔老师的宽厚。她太胖，所以穿的是无带球鞋，鞋舌上翘。她朗读济慈的作品时留下眼泪，并为此感到难为情。

"你见到露西尔了吗？"

"没有。"见到了，露西尔无处不在，可我们没有讲话。

"她可能病了。也许我应该过去一趟，看看她的情况。我是她的阿姨。"

"嗯。"那能有什么用呢？在我看来，我们这个家至今已脆弱得不堪一击，破裂是必然的，担心使用任何特殊计谋去挽救它是否明智或合理，那徒劳无益。不久，一点风吹草动就会把它摧毁。

"我拿点鸡肉给她。"西尔维说。对，拿点鸡肉给她。这个主意让西尔维为之一振，她掰下脖子给自己，鸡翅给我，将剩下的全包在一块茶巾里。她洗了洗手，把头发夹到脑后，出发去露西尔那里。

她很晚才回来。我已经啃完鸡翅，拿了一本《并非陌生人》[1]上床。她上楼，在床脚处坐下。"那些女人一直在找露西尔谈话，"她说，"你知道她们想干什么吗？"

---

[1] *Not as a Stranger*，美国作家莫顿·汤普森（Morton Thompson）1954 年的小说。

"知道。"

"露西尔告诉了我。我不信她们能办得到，你说呢？"

"办不到。"办得到。

"我也相信办不到。那非同小可。她们明白这一点。"

"嗯。"是的。那非同小可。她们明白这一点。

"我以为她们只是想谈货车的问题。我以为她们谅解了。可露西尔说如今是因为我们在湖上过夜的事。好吧，我会向她们解释。"

去向她们解释吧，西尔维。

"别担心。"她拍拍我耸起在毛毯下的膝盖。"我会把前因后果解释给她们听。"最后，虽然西尔维在洗刷盘子和叠放时发出嘈杂的声响，可我还是睡着了。早晨，厨房的桌子收拾擦洗得一干二净，摆了一个碗、一只调羹、一盒玉米片、一杯橙汁和两片放在茶碟上、涂了黄油的吐司，还有插假花的花瓶。西尔维被报纸弄得一身脏，头发上沾着蜘蛛网。

"这像样多了。"我说。

她点点头。"可真乱啊！老实讲。我忙了一晚上。现在，你吃早餐吧。你该迟到了。"

"你觉得我是不是该留在家里帮忙呢？"

"不行！你去上学，露西。我帮你把头发梳理通顺。你得打扮得漂漂亮亮。"

我从未料到西尔维会着急或产生紧迫感。其实，我惊讶于她愿意为了我这么不遗余力。以前我一直觉得西尔维和我在一起纯粹是个意外——风吹走一团轻软的马利筋花，两粒种子没有飞起来。对我而言，我们和睦地住在同一间屋里，原因是屋子够宽敞，我们俩在这儿都有家的感觉，相敬如宾的习惯在我们俩身上根深蒂固。若出现一位法官，像我外祖母警世故事里的流浪汉一样，将我揽到他的黑袍底下，带我离开，去传闻中的农场，那么，一股震荡会传遍这座屋子，震得盘碟丁零当啷，茶杯摇晃不定，玻璃也许会连日发出鸣响，西尔维会又多一个故事可讲，与其他的相比，不是那么万分悲伤。可眼前所见的是决心和紧迫感。我清楚我们在劫难逃。我穿上西尔维为我放长、熨平的裙子（这些事在他们眼里很要紧，她说），和我最好的毛衣，西尔维用阔齿梳梳开我最大几团打结的头发。"嗨，站直了，"她在我出门时说，"要对人微笑。"我在难受和忐忑中度过那一天。回到家，发现西尔维坐在一间经过打扫、没有猫的客厅里，在轻声同治安官讲话。

拆散一个家是件非同小可的事。假如理解了这一点，就能理解接下来发生的一切。治安官和每个人一样心知肚明，他的脸因歉疚而木然。"会有一次听证会，费舍太太。"他说，语气颓然，因为无论西尔维会说什么，他都无法给出别的回答。

　　"这么做是件非同小可的事。"西尔维说。治安官垂下双手，放在膝盖上，以示同意，并说："会有一次听证会，太太。"当我走进去时，他起身，抓着帽子，置于腹下，一副办事员拘谨刻板的模样，我出于友善，向他道了一声"晚上好"。"请原谅，"他说，"我们大人有事要谈。"于是我上楼去自己的房间，任我的命运自生自灭，我对注定发生在我身上的事，既不好奇，也无怀疑。

10

　　该隐谋害了亚伯，血从土里发出哭号；房子倒了，压在约伯的孩子身上，一个声音受到感召或刺激，从旋风中开口讲话；拉结悼念她的孩子；大卫王悼念押沙龙。时间运行背后的推力是一种对逝者得不到慰藉的哀恸。这是为什么第一件为人所共知的大事是一场驱逐，最后一件期待的是和解与回归。回忆拉我们向前，预言只不过是鲜明的回忆——那儿会有一座花园，我们大家形同一个小孩，睡在母亲夏娃的怀里，被她的肋骨箍住，挨着她的脊柱，像一条条桶板。

　　该隐杀了亚伯，血从地里发出哭号——一个如此伤悲的故事，连上帝都注意到了。也许不是故事悲伤，自那天后每分钟都有更惨的事发生，而是其新奇让他觉得触目。在世界的新面貌下，上帝是个青年，对最细微的小事也大动肝火。在世界的新面貌下，上帝本人也许未意识到他所制定的某些规律的后果，例如，震荡会像水波一样逐渐平息，我们的投影会摹拟每个动作，一旦破碎，会十倍、百倍或千倍地摹拟每个动作。该隐，上帝的投影，赋予这片纯朴的田野一个声音、一份伤痛，上帝本人听见了那个声音，感受到那份伤痛，所以该隐是个创造者，反映了造出他的造物主的形象。上帝搅乱他看见自己面孔的水域，该隐变成小该隐、小小该隐、小小小该隐，经过千秋万代，所有的该隐游荡在世间，无论去到哪里，大家都记得有过另一次创世，大地流淌着鲜血，发出哀鸣。让上帝用洪水把这邪恶的悲伤冲走吧，让大片的水退成深潭、池塘、沟渠，让每一汪水照出天国。然而，这些水里仍带有一点血和头发的味道。在任何一座湖边鞠手舀水喝的人，无不会记起母亲曾淹溺在那里面，她们把自己的孩子托举到空中，虽然这么做时，她们心里想必知道，未几，就算她们的手臂能高举不落，大洪水也会连带把所有的孩子冲走。大概只有毫无行为能力的人才算得上婴儿，只有风烛残年的人才似相对无害。喔，一切清除殆尽，经过这么多年后什么也没遗下，只有一丝刺痛和滋味留在水里，在溪流和湖泊的气息里，无论多么悲伤、荒蛮，都清晰地属于人类。

我没有机会品尝一杯水，但我记得，那座湖的眼睛是我外祖父的，那座湖凝重、浓稠、淤塞的水体镇住了我母亲的四肢，压沉她的衣衫，阻塞她的呼吸，遮蔽她的视线。那儿有怀念和交流谈心，是完全属于人而未被神圣化的。家不会破碎。诅咒和驱赶他们吧，把他们的孩子送去流浪，用洪水和大火把他们吞没，年迈的妇人会把这些伤心事全编成歌谣，坐在门廊下,在和暖的傍晚吟唱。每一次悲伤让人想起千首歌谣,每首歌谣勾起一千件伤心的往事,它们在数量上无穷无尽,却千篇一律。

回忆是意识到失去,失去牵引我们跟随它。上帝本人给拖在我们身后,卷入我们在堕落时制造的旋涡,或说故事是这么讲的。当他在人世间时,他修补家庭。他把拉撒路归还给他母亲,让百夫长重获自己的女儿。就连对前来逮捕他的士兵,他也复原了其割除的耳朵——这一事实让我们得以期望,起死回生将折射出一种对细节的高度关注。可这和补锅匠的工作无异。作为人,他感受到死亡的引力;作为上帝,他一定比我们更想知道那会是什么感觉。众所周知,他曾在水面上行走,可他生来不是为了溺毙在水中的。当他真的死去时,令人扼腕——一个这么年轻有为、前途无量的人,他的母亲哭泣,他的友人不敢相信失去了他。故事传遍四面八方,那份哀恸得不到慰藉,直到人们如此迫切地需要他,如此沉痛地缅怀他。他的朋友走在路上,觉得他就在旁边,看见某个在岸边烤鱼的人,认定就是他,坐下与他共进晚餐,尽管他遍体鳞伤。可以用来铭记一个人的东西少得可怜——一则轶事,桌旁的一次对话。但每段回忆翻来覆去地重现,每个词,无论多么偶然,都写在心里,冀望回忆会将它补全,变成血肉,流浪汉会找到回家的路,亡故的人——我们时刻感受到他们的缺席——会最终跨过门口，怀着睡梦中惯常的疼爱抚摸我们的头发，并未打算让我们久等。

西尔维不想失去我。她不想我长成多面的巨人，那样我似乎会把整间屋子填满，她不希望我变得精细可溶，那样我就可以穿过梦与梦之间的隔膜。她不希望把我留在记忆里，宁可我简单、平凡地在她面前，虽然我可能不声不响、笨手笨脚。她可以在看待我时无须投入强烈的情感——一个熟悉的人影，一张熟悉的面孔，一种熟悉的沉默。她可以忘记我在房里的存在。她可以自言自语，或在意念中和某人说话，愉快而热烈，就算当时我正坐在她旁边——这是衡量我们亲密程度的标准，即，她几乎根本不用念及我。

可假如她失去我，我的消失会使我变得非同寻常。试想那个星期天我的母亲回来了，譬如说在傍晚时分，她亲吻我们的头发，她与我的外祖母之间达成了所有和解必需的事宜。我们坐下吃晚饭，露西尔和我听着我们不认识的人的故事，越来越不耐烦，跑到外面陌生、深邃的庭院里，在冰冷的草地上玩耍，盼望母亲会注意到时间多晚了，又盼望她不会注意到。譬如说，我们连夜开车回家，露西尔和我在后座睡着了，两人挤作一团，感觉到冷冽的空气从窗户打开的细缝里嗖嗖吹进来，冲淡了母亲的香水味和香烟的烟味。她也许会唱着，《当你身在远方时我要做什么》《发自你内心的情书》《待售的小屋》，或是《艾琳》。那些是她最喜欢的歌。我记得在驶往指骨镇途中，我从后座看着她，她头顶的波浪卷发，她考究的灰色套裙的高挺衣肩，她修长的手握在方向盘上端，指甲闪现暗红的光泽。她的镇定，她每个细小动作中的优雅干练，让我深深着迷。露西尔和我以前从未见过她开车，我们激动万分。贝奈西的车子内部有股尘土味，像一张老旧的沙发。我们抓着横悬在前座后方的灰粗绳，一颠一颠，像驾着马车似的。空气中弥漫着尘粒，看上去像折弯的细丝，或毛发，有人曾告诉我们那是原子。我们打架斗嘴，数着马匹和墓地，她没有开口和我们讲一句话。我们要求在林中一个路边的冰激凌摊停一下，她停下车，给我们买了巧克力圣代，摊上的女士说我们很可爱，母亲心不在焉地笑了笑，说，有时是。

在我看来，这一切中似乎包含了变身初始时的静默与肃然。也许记忆不仅是预言之所在，也是奇迹发生的场所。在我看来，似乎有东西一再唤起我们注意她的镇定。她的安静似乎教我们愕然，虽然平时她也总安静不语。我记得她站着，手臂交抱，一边等我们吃完圣代，一边用高跟鞋的鞋尖踢弄尘土。我们坐在一张碧绿的金属桌旁，桌子的颜色因风吹日晒而黯淡，桌面发黏，翅膀上有彩虹条纹的黑苍蝇，闹哄哄，在化成水、快风干的冰激凌旁用餐，然后用前足仔细擦拭饕口馋舌，像家猫一样。穿着银灰色套裙的她如此高挑、安静，眼睛完全不看我们，我们出了汗，身上黏糊糊的，厌倦腻烦了彼此。我记得她，神情凝重，带着命定者的、受到召唤者的平和，活像个鬼影。

可假如她把我们安然带回家，重新回到那栋外面架有楼梯的高层公寓楼，我记忆中的她不会是那样。等我们长大后，她的种种怪癖也许会使我们恼怒难堪。我们也许会忘记她的生日，硬要她买一辆车或换个发型。我们最终会离开她，会一同怀着怨恨和雪耻的心情对我们异常孤单的童年不以为意，以此来看，我们的失败似乎无可避免，我们的成就皆是奇迹。接着我们会出于内疚和怀旧打电话给她，事后苦笑，因为她什么也不问我们，什么也不告诉我们，时而陷入沉默，情愿挂掉电话。感恩节我们会带她下馆子，看电影，给她买畅销书当圣诞礼物。我们会试图陪她郊游，让她找到一些兴趣爱好，可她会在我们手里软化萎缩，变得孱弱。她会以同等不懈的耐性忍受自己的体弱多病，和忍受我们的担忧、以前忍受人生的其他方方面面一样，她的沉默会让我们越来越火冒三丈。露西尔和我会经常见面，几乎从来不谈别的事。没有什么比她的沉默、比她忧伤和出神的平静，更令我们熟悉。我清楚那本该会是怎么回事，据我已有的观察，古怪的人，会朝那个方向变得越发古怪。我们会笑过，涌起过遭遗弃、受委屈的感觉，永远不知道她曾千里迢迢去过湖边，托着头、阖上眼睛，后为了我们的缘故而折返。她将保持未变身的状态。我们永远不会知道她的镇定和水面凝结的那层东西一样纤薄，她的镇定支撑她，就像硬币得以漂浮在静止的水上一样。假如她回来，我们永远不会了解她的悲伤之深之广。可她丢下了我们，打碎了家庭，那份悲伤得到释放。我们看见它的翅膀，看见它横空万里，飞入山中。有时我觉得悲伤是一种猛兽，因为鸟儿在拂晓时发出极度惊恐的尖叫，而且，如我先前所言，池塘和沟渠散发的气味里有一种致命的苦涩。我们年幼怕黑时，我的外祖母常说，只要我们闭着眼睛便不会看见它。就在那时，我发现我头颅内部的空间和周围的空间重合了起来。我看到那个一模一样的人影，映在我的眼睑上、我房间的墙壁上，或在我窗外的树上。当家人被拆散时，连周边的幻觉也失效了。

西尔维意识到她阻止我们分开的第一步计划失败了。她几乎不寄望听证会——我们收到一封邮寄来的信，信上说定于一周后举行——会有好的结果。不过，她仍坚持料理家务。她擦亮窗户，或说那些依旧有玻璃的窗户，其他的，她用胶带和牛皮纸整齐地封住。我把瓷具洗干净，放回柜子里，到果园焚烧那些纸板箱。西尔维看见火光，抱着一叠堆在门廊上的旧杂志走出来。要让它们烧起来很困难。西尔维从棚屋里拿来报纸，我们一张张团拢，塞到杂志中间，用火柴点燃，不一会儿，那些杂志开始膨胀、蜷曲、自动翻页，最后升起缭绕的气流，那日天气晴朗。果树都光秃秃的，地上的树叶像潮湿的皮革一样绵软恶臭。天空蓝得浓重而纯净，但日光清凉曲折，影子黑魆魆，清晰分明。似乎没有一丝风。我们能望见火散发的热牵引和挑逗气流，在急速上升中拉扯画面，突破和谐匀称的构图，使之走了形。杂志的内页变黑，印有文字处和图片中的黑色部分转成墨灰色，像透雕细工的饰品，轻飘飘，盘旋上升到令人晕眩的高度，直至受到高空某股气流的吹袭，在某阵我们感觉不到的劲风作用下升入天国。西尔维伸起手，用手掌接住一页飘飞的纸。她拿给我看——炭灰色中，一名女子面带笑容，下面用大写字母印着："亡羊补牢，犹未为晚！"西尔维奋力摇手，想甩掉那页纸，纸的边角碎落，只剩下眉毛以下的笑脸。她在袅袅热气中拍打双手，那位女士升腾在灰渣和尘埃里。"瞧！"西尔维一边说一边望着灰飞尘舞。她在裙子两侧擦拭乌黑的手。我看见一条狗剧烈变身，还有它吃东西的碗，一支棒球队，一辆雪佛兰汽车，成千上万的单词。我从未想到过文字也必须获得救度，但当我转念思考时，那似乎显而易见。认为事物是靠交织串联的文字而各就其位并将其视之为常理，简直荒诞无稽。

我们焚烧报纸和杂志，一直烧到夜深。我们忘了吃晚饭。西尔维三番五次走出火光，几分钟后抱着一堆要烧的东西重新现身。我们俩开始感觉四周全是指骨镇的人，即使不围观，也肯定知晓我们做的一切。若听任我自便，我会在这众目睽睽下退缩。我会待在屋里，蒙着被子，用手电筒看书，只有为了沃登面包和电池才会冒险出去。可西尔维用登台的口吻和大张旗鼓的举动回应她的观众。她反复念叨："我搞不懂我们为什么没早几个月就这么做。"声音洪亮，仿佛以为有听众在火光的另一边，在苹果树丛里。对于她臆想中人们可能会与优良品质联系起来的每一件事，西尔维都煞费苦心，竭尽全力。那晚，我们把收集的所有报纸和杂志全烧了，还有肥皂的包装盒、鞋盒、历书、西尔斯百货公司的邮购目录和电话簿，包括最近的几本。西尔维烧了《并非陌生人》。"那不是你该读的东西，"她说，"我不知道屋里怎么会有这本书！"这是意在打动果园里的法官大人，所以我没有告诉她那是图书馆的书。

我喜爱注视这一波接一波的狂热和生气——火光里的西尔维满脸通红，把她囤积的一切拨弄到火势最旺的地方，甚至包括那本有泰姬陵折页图片的《国家地理》。"我们要买点衣服，"她说，"我们要让你穿得十分优雅得体。也许套裙可以。反正你上教堂时肯定需要。我们还要给你烫个头发。等你打扮好了，会给人留下良好的印象。你真的可以，露西。"她隔着火堆冲我微笑。我开始幻想西尔维和我在听证会过后也许还能继续在一起。我开始预期改过自新的决心也许会被误当做改过自新本身，不是因为西尔维有任何本事诳骗大家，而是因为她想保住我们这个家的渴切也许会说服他们，让他们相信这个家不该受到侵犯。说不定西尔维和我会戴着筒状女帽，艰难地踏雪去教堂。我们会坐在最后一排长椅上，离门最近，西尔维会侧身，让腿可以伸直。在布道中间，她会卷拢节目单，轻哼"神啊，神啊，神啊"，用手套捂着打哈欠。无疑她也会定期参加家长教师会的活动，持之以恒，为人称道。她已函购了种子，等到春天，可以在屋子周围搭建花坛，她也在厨房挂上了新的黄窗帘。那些天她不断想方设法，让我们的生活符合别人的期许，或符合她臆测中人们可能的期许，她果断坚决，有时那像看到了希望。"我为感恩节订购了一只火鸡。我想我们可以邀请露西尔，还有罗伊斯老师。"此时火已转成一堆阴燃的纸灰。西尔维往里丢入一根枯枝，击中时发出"呼哧！"的气声，把余烬送到空中，像羽毛般飞舞。我用眼角的余光看见黑影在轻快地跳动。

"我们该进去了，"我说，"外面很冷。"

"嗯，"西尔维说，"你进去，我在灰上盖点土。"借着疏落的月光和火光，她走向棚屋，从靠在墙上、尖头已锈蚀的铁铲里拿了一把。我驻足门旁，看她往余烬里添加泥土——每加一铲，密密麻麻的火星和光点蹿入空中。西尔维浑身闪亮，黑影从躲藏的树后跳出来，围着她。又加了几铲土后，飞起的火星子少了，西尔维站在比先前暗淡的光里。又加了一铲，围着西尔维和果园的火光被扑灭了。我坐到西尔维房间门外的台阶上。西尔维没有动。我没有听见她动。我等着看她会静止多久。我料想黑暗也许把西尔维变回原来的她，她也许又会消失，以进一步教育我，或教育她自己。可结果她把铁铲立在地上。我能听见铲刃插入土里时的摩擦声，我听见她在外套下摆上擦拭双手——一个每次表示任务完成、目的已达的动作。她朝坐在台阶上的我走来。由于月亮在房子的背面，我位于暗处。我猜她兴许看不见我，遂滑向一侧，从台阶边缘溜了下去。她经过时外套差点擦到我。我听见她在厨房里喊"露西！露西！"，接着听见她上楼的脚步声。我跑进果园，这样，当她想到张望窗外时，我可以隐蔽得很好。可我为什么跑进果园，蹲在黑影里，用手捂着嘴，掩住自己沉重的呼吸声？我听见她喊着露西、露西、露西，寻遍屋子的每个角落，一边走一边打开每盏灯。然后她回到屋外的台阶上，用疾呼、亲昵、责备的低语喊出"露西！"。当然，她不可能在深更半夜满果园、满山野地呼唤我。整个指骨镇都会知道。尖厉粗嘎的笑声从我嘴里冒出来，我丝毫抑制不住。西尔维也哈哈大笑。"进来吧,"她哄道,"进来,里面暖和。我有好吃的东西给你。"我在树丛中一步步后退,她跟着我,想必听见了我的脚步声或我急促的呼吸,因为不管我走到哪儿,她似乎都知道。"进来,进来吧,里面暖和。"家矗立在果园的另一端,灯点亮了每扇窗。它看上去庞大、陌生、受到牵制,像一艘搁浅的船——一件在园子里找到的奇想之物。我无法想象走进去的情景。曾有一个小女孩,夜晚在果园里漫步。她来到一座自己以前从未见过的房子旁,里面灯火通明,透过任何一扇窗都能看见稀奇古怪的饰品和异常舒适的生活用具。一扇门开着,她走了进去。故事也许是这样,一个十分忧伤的故事。她的头发和天空一样黑,长长地拖曳在身后,如风拂过草地……她的手指黑如夜空,分外灵巧纤细,只给人冰凉的感觉,好像雨滴……她的脚步悄然无声,人们甚至连认为自己听见了都感到惊讶……齐集的亮光把她转化成一个凡人小孩。她站在明亮的窗旁时,会发现世界消失了,果园不见了,她的母亲、外祖母和姨妈都不见了。和诺亚的妻子在雨下到第十或第十五个晚上时一样,她会站在窗口,意识到这个世界真的陷落了。外面的人将对她知之甚微,真遗憾,她变了。以前,空气是她的肉身,赤裸是她的衣衫,寒意是她披覆的斗篷,她的骨头只是纤纤之物,宛如冰条。她出于偏爱而出没在果园,可她能走入湖中而不激起一丝涟漪、不排走一滴水，能像热气一样无形无踪地在空中翱翔。如今，和自己的同类失散后，她差点把他们遗忘，她会用粗劣的食物喂养自己粗陋的肉身，近乎心满意足。

那晚，我在果园学到一件重要的事，如果不抵抗寒意，只是放松身心地接受它，就不会再为寒意所苦。我在晕眩中感到自由渴切，和你在梦里感到的一样，突然发现自己能轻而易举地飞起来，诧异自己以前为什么从未尝试过。我可能还发现了别的事。例如，我饥肠辘辘，饿得开始体会到饥饿亦有饥饿的乐趣，我在黑暗中悠然自得，总之，我能觉出自己正在冲破需求的枷锁，一道接一道。可这时治安官来了。我听见他的敲门声，听见他高喊"有人吗？"，不一会儿，西尔维步出果园，急匆匆，朝边门走去，但治安官绕过房子，看见她站在台阶上。

"晚上好，费舍太太。"

"晚上好。"

"这儿一切无恙？我见所有灯都亮着。"

"一切无恙。"

"小姑娘好吗？"

"嗯，很好。"

"在睡觉？"

"嗯。"

"开着灯睡觉？"

"嗯，我猜是。"

"我不常见到这里像这样灯火通明，夜很深了。"

沉默。西尔维发出笑声。

"我可以见一下小姑娘吗？"

"什么？"

"我可以见见露西吗？"

"不行。"

"她是在楼上睡觉吗？"

"是的。"

"我就在门口瞧一眼，不会吵到她。"

"她睡觉很容易惊醒。她准会醒来。"

"我会穿着袜子上楼，太太。我保证，绝不会惊扰她。"

沉默。

"她在哪儿，费舍太太？"

"房子的某个地方。"

"喔，那我进去和她道声晚上好。"

"她不在里面，她在外面。"

治安官用手指触了触帽檐，"在哪里？"

"可能在果园。我在找她。"

"你找不到她？"

"她不让我找到她。那像玩游戏。"

我步出果园,走过去,站在门廊上,挨着西尔维。

"露西,"治安官问道,"你愿意今晚去我家吗?你知道,我都当爷爷了。我们有许多房间。我太太会很高兴有人作伴。我即将前往刘易斯顿。他们逮到了我们一直在找的克兰肖家的小子。他跑那儿偷了一辆车……"

"我要留在这里。"

"你可想清楚了。"

"嗯。"

治安官挪动了一下他笨重的身体。"大冷天的,你不穿外套在外面做什么?深更半夜,明天还要上学呢。"

我不讲话。

"跟我回家吧。"

"不!"

"我们是好人,你知道。告诉你,我太太厨艺了得。我们家有苹果派,露西,相信我,那是世界上最美味的苹果派!"

"不。"

"不用,谢谢。"西尔维说。

"不用,谢谢。"

"算了,那好吧。但现在无须我告诉你,该上床睡觉了,对吧?"

"嗯。"

"那就这样。但我会密切留意你的情况。明天我要在学校
见到你，听见了吗？"

"听见了。"

"晚安。"

"晚安。"

"明天见。"治安官说完，朝他的车走去。"嗨，你们明天
不要走开，我要和你们谈一谈。"他回头冲我们喊道。

11

屋子和果园一样阴湿，烧不起来。噢，沙发上的花边盖布蹿起片刻火焰，在扶手上留下闷燃的圆环，可西尔维用手将之拍灭，说那比什么也不剩更糟。治安官一走，我们便把灯全关了，屋里仿佛正有奇妙的事在发生。前一刻，我完全不知西尔维人在哪里，下一刻，客厅的窗帘化作火海，西尔维正跪在帘前，火光把她照成浅绛色，身后有个黑影。但窗帘未几就焚尽，落到地板上，火灭了。"讨厌！"西尔维说。我们哈哈大笑，但尽力克制笑意，因为我们明白烧毁房子是一件严肃的事。在别人眼里，我们也许似在放肆胡闹，像屋子里非人的魂灵，灯罩和钢琴上的桌巾对我们无关紧要，可那只是因为我们太仓猝，呼吸困难。

西尔维和我（我觉得那晚我们几乎合为一体）不能留下那间屋子，它像一颗大脑、一个圣骨匣似的给藏匿起来；像一颗大脑，指骨镇的贪婪吝啬之徒会翻弄、挑拣、瓜分它的残骸。想象最后审判日的白光突然照在你身上，就将是那种感觉。连失落在房子里的东西也依然存在，像淡忘的悲伤和初始的梦，许多家常事物的意义纯粹在于怀旧感伤，像那卷失去光泽的粗实的头发，是我外祖母少女时代留下来的，藏在衣橱顶层的一个帽盒里，和我母亲的灰色手袋摆在一起。在同等不偏不倚的审注之光下，这些事物脱离原本的面目，转化为纯粹的客体，可怕骇人，必须烧毁。

我们非走不可。我留不下来，没有我，西尔维不会留下来。如今我们真的给赶出家园去流浪，管家这件事走到了尽头。西尔维点燃扫帚的麦秆，用着火的扫把去点食品储藏室帘布的下脚和地毯的流苏，于是升起两团熊熊烈火。可这时，我们听见火车的鸣笛声，西尔维说："我们得赶快跑！拿上你的外套！"我拿了，并套上靴子。西尔维夹了三袋面包在腋下，把扫帚扔向柴堆，拉起我的手，我们跑出门，冲进果园。那儿很黑，寒意袭人，我们穿过起伏不平、垄堑密布的菜园，里面到处是垃圾和砍死的蔬菜残株。就在抵达菜园和铁轨之间的休耕地的边缘时，火车从我们面前驶过、消失。"啊，不会吧！"西尔维说。空气冰冷刺骨，吸入时阵阵作痛。接着一声巨响！我们能听见身后那座房子的一扇窗砰然碎裂，再一声！又是一扇。有人高声叫嚷。我们转身回望，但既没看见火焰也没看见烟。"火不够大，"西尔维说，"他们马上会发现我们不在里面，他们会来找我们。这下可糟了。"

"我们可以躲在树林里。"

"他们会放狗。"

我们静立了片刻，谛听喊叫声，望着邻居家亮起灯。我们甚至能听见小孩的声音，还有狗的骚动。

"有一个办法。"西尔维说。她的声音低微、雀跃。

"什么？"

"过桥。"

"步行。"

"狗不会敢跟上来，至少没有人相信它们会。从未有人那样干过。过桥。大家听都没听过。"

好吧。

"我们既然要走就必须走，不能回头，"西尔维说，"你的扣子都扣好了吗？你应该戴顶帽子。"她伸手搂住我的肩膀，捏了捏我，在我耳边低语，"这不是最坏的事，露西，漂泊四方。你将来会明白。你将来会明白的。"

那是一个漆黑、多云的夜晚，铁轨像一条宽阔的小径通往湖边。西尔维走在我前面。我们踩着枕木，一步两块，虽然那使步子大得难受，但如果一步一块，则会小得难受。不过这尚算容易。我跟在西尔维身后，迈着缓慢、悠长的舞步，我们头顶的星星，繁多无度，如尘埃般幽微晦暗，沿着一个巨型旋涡的涡纹与夜色分离——确是如此，我在照片里见过——难以辨认，月亮早已下去。我几乎看不见西尔维，几乎

212

看不见我踩脚的地方。也许只是因为确信她在我前面，确信我只需把脚伸到身体前方，所以我才以为自己什么都看见了。

"万一火车过来怎么办？"我问。

她回答："早晨以前没有火车。"

我能感觉到桥在攀升，忽然，一阵湿风吹到我腿上，掀起我的外套，不仅如此，还有湖水流动、闪烁的声响，静谧而辽远——假如你潜入水下，在那儿待到气息耗尽，等再浮上来、回到空气中时，你能听见空间和距离。就是那种感觉。不知多少英里外的黑沙滩上，一个浪翻动了一根枯枝或一颗石头，我在耳畔听见那声响动。猛然跃出水面是件令人晕眩的事，一种失神的喜悦，让我对自己的脚步失去把握。我不得不想点别的。我想到身后的那座房子，化为火海，火焰在自身形成的狂风中跳跃、打转。幻想房子的灵魂打破窗户，推倒门，所有邻居都讶异于它冲出墓穴、粉碎坟墓时那份不折不扣的轻松。砰！让那个中式水罐保持形状的黏土四分五裂了，水罐变成空气里的一股旋风，徐徐上升……砰！五斗橱的镜子不停战栗，沦为火焰的形状，照出的只有火。一切都将化作火焰、上升，房子的灵魂将干净利落地逃走，全体指骨镇的人都将惊奇地前来察看这处还在闷烧的地方，那是它最后的落脚处。

我不敢转头去看那座房子是否在燃烧。我害怕只要稍稍一转，就会丧失方向感，失足绊倒。周围黑得伸手不见五指，前方也许根本没有西尔维，桥也许是在我迈步时随之在我脚下自动生成，接着又在我身后消失。

可我能听见桥。它是木制的，它发出嘎吱声。它随着推动水中事物的悠缓节律而倾斜。水流牵引它往南，我能在脚下感觉到它微微向南漂移，后又重新复位。这一节律似乎自成一体，依我判断，与不停向河奔去的急流无关。悠缓的嘎吱声令我想起以前母亲常带露西尔和我去的一个水滨公园。那儿有架木制的秋千，和一座脚手架一样高，所有接头都已松动，母亲推我时，那座脚手架跟着我倾斜，发出嘎吱声。就是在那里，她让我坐在她肩头，让我能用手拂过栗树的叶片，凉飕飕的。也是同一天，我们在一辆白色的推车旁买了汉堡当晚餐，坐在靠近海堤的一张绿色长椅上，把面包全喂给了海鸥，凝望笨重的渡轮航行在水天之间，天空和水面是一模一样的铁青色，故而没有了地平线。渡轮的汽笛发出巨大、灵敏的声响，像母牛在哞哞叫。那本该在空气中留下一丝牛奶的气息。我猜真的有，但低回的只有声音。那天我的母亲很开心，我们不知道缘由。假如第二天她伤心难过，我们也不知道缘由。假如第二天她走了，我们也不知道缘由。她仿佛不断在与一股从未停止牵引的激流抵抗，让自己复位。她摇摆不停，犹如落水之物，优美迷人，像一支徐缓的舞，一支悲伤而令人沉醉的舞。

　　西尔维右边的翻领底下别着一张剪报，标题是《湖夺走两条生命》。文章很长，她不得不对折了好几次才把别针插进去，里面报道了我们企图烧毁房子的事，原因是本来不久将举行一次关于监护权的听证会——日益古怪的行为引起邻居的警觉。"我们本该预见到会出这种事。"当地一位居民说。（提到我母亲死于湖中的事，明显是自杀。）狗追踪我们到桥为止。拂晓时，镇上的人开始搜寻尸体，可怎么也找不到我们，怎么也找不到，最后只好放弃搜索。

　　迄今，事情过去了许多年，最遗憾的是这么多年来我们一直未和露西尔联系。起初，我们担心若试图给她打电话或寄信，人们会找到我们。"七年后他们就不能以任何理由来抓你了。"西尔维说。七年过去了，可我们俩知道，他们永远能以日益古怪的行为为由来抓你，西尔维，和我，怀着同样的忧惧。我们是流浪的人。一旦踏上这条路，就难以想象还有别的选择。偶尔，我去当服务生，或店员，短期内那是件愉快的事。西尔维和我看遍所有的电影。可最后这种伪装的生活会变成负担，昭然若揭。顾客开始把我的微笑当做鬼脸来回应，突然间，因为我的某个举止，他们点数找回的零钱。如果可以选择，我愿意在卡车休息站工作。我喜欢偷听陌生人彼此互诉的故事，喜欢离群索居的人从给予他们小小慰藉的最微不足道的琐事中获得的挑剔的快乐。遇到下雨或天气不好时，他们把手肘支在柜台上，询问有什么馅饼，只为再听一遍那老一套冗长的历数。但一段时间后，顾客、女服务生、洗碗工、厨师向我讲述了，或让我听他们讲述了，那么多有关他们自己的事后，我本人的沉默似乎骤然引起瞩目，接着他们开始怀疑我，仿佛经我端出的咖啡，上面给浇了一层寒意。我和这些饮食生计、吸收养料的仪式惯例有何关系？他们开始问我为什么自己什么也不吃。他们说，那会让我的骨头上长出肉。一旦他们开始那样看我时，我最好离开。

我从什么时候起变得和其他人如此不同？要么是在跟随西尔维过桥的时候，那座湖夺走了我们；要么是母亲在我等她的时候撇下我，使我养成了等待和期许的习惯，让眼前的每个时刻因其不包含的东西而显得无比重要；抑或是在我被孕育的那一刻。

对于孕育我的过程，我知道的和你对孕育你的过程所知道的一样多。那发生于黑暗中，未经我的同意。我（I）（这个最纤细的单词，对当时稀薄的我来说过于臃肿）永久地穿行在无边无际的湮没中，心情犹如人在嗅闻夜间绽放的花朵，突然——强暴我的人在我体内留下他们的踪迹，一个男人和一个女人。数月后，我变得滚圆、体重增加，直到这件丑闻再也掩盖不住，湮没将我驱逐出境。但这一点是我和我所有同类的共同之处。由于某种严酷的法术，原先区区的乌有之物，当与生命联结在一起时，便成了死亡。于是他们封住门不让我们回去。

后来有了母亲遗弃我的事。同样，那也是大家共有的经历。她们走在我们前面，走得太快，忘记了我们，她们过分沉湎在自己的思绪中，迟早会消失。唯一难解的是，我们期待事情不是那样。

我相信是过桥这件事最终改变了我。走在上面时甚是恐怖。我两次绊脚摔倒。风从北边吹来，因此风的推力和急流的牵引是同一方向，它们似乎势不可挡，而且周围那么黑。

中间发生了什么，一件刻骨铭心的事，以至于每当我回忆起过桥的情景时，有一个时刻像镜头的凸面一样鼓出来，其余则位于周边，逐渐隐没。仅仅是因为风势骤然加剧，所以我们不得不缩拢身子，迎着风，像盲女扶着墙壁一样摸索前行吗？或者，我们是否真的听见了某个分贝太高而听不见的声音，某句真切得我们无法理解的话，却只感觉那像黑暗或流水一样倾注入我们的神经？

我从来无法果断地分辨思考和梦境。我知道，只要我可以讲出，这是我凭感官认识到的，那只是我的想象，那么，我的人生会大不相同。我将尽力告诉你晓白的真相。西尔维和我在漆黑的夜里走了整整一晚，翻过指骨镇的铁路桥——一座很长的桥，如你所知，假如你见过的话——我们必须走得很慢，因为风和夜色。简单地说，天方破晓时，我们已离湖岸不远，我们在东行的火车隆隆驶出树林、上桥、往指骨镇疾驰而去前及时爬到下面的岩石上。我们赶上下一趟西行的列车，一路在装有家禽的板条箱中间打瞌睡，抵达西雅图。从那儿我们去了波特兰，从波特兰去了新月市，从新月市去了温哥华，又从温哥华回到西雅图。起先我们的路线错综复杂，为的是不被人发现，后来路线错综复杂，因为我们没有特别的原因要去某个镇而不去另一个，没有特别的原因要留在哪里，或离开。

西尔维和我不是旅人。我们有时谈起旧金山，但从未去过。西尔维在蒙大拿州仍有朋友，所以偶尔我们途经指骨镇，去比尤特、比林斯或鹿苑。我们站在列车的门口，等待湖的出现，然后望着它掠过，试图瞥一眼那栋旧屋，但从铁轨上我们看不见。有人住在那儿。有人修剪了苹果树，移除了死掉的那几棵，重新系上晾衣绳，补好了棚屋的屋顶。有人在园子下脚种了向日葵和硕大的大丽菊。我想象那是露西尔，分外整洁，镇住了废墟的破坏力。我想象装饰用的小垫布，精美挺括，还有食品储藏室鲜艳的帘子。每当我们可能信步踏进门口时，这些东西在那儿以簇新的面貌和淀粉浆的气味喝止我们。可我知道露西尔不在那儿。她去了某个城市，以她做任何事的坚决彻底，赢得怀疑者的赞赏。有一次，西尔维打电话到波士顿的问讯处，查询露西尔·斯通是否有登记电话号码。劳伦斯、琳达、卢卡斯，接线员念道，可没有叫露西尔的。所以我们不知道她在哪儿，也不知道怎么找到她。"她可能结婚了。"西尔维说，她一定结婚了。将来有一天，当我觉得自己可以见人时，我会走进指骨镇，四处打听。我必须尽快付诸行动，因为如今这样的日子不多了。

这一切皆是事实。事实解释不了任何事。相反，正是事实需要解释。例如，我一次又一次经过我外祖母的屋后，却从未在那个车站下车，走回去看看是否还是原来那座房子，可能因火灾导致的必要修缮而有所改变，或是不是在旧址上盖起了新房子。我想见一见住在那儿的人。看见他们，会驱走可怜的露西尔，在我脑中，这些年她一直等在那儿，怀着理直气壮的愤怒，洗洗擦擦，让一切窗明几净。她以为听见有人在甬道上，赶来开门，急切得等不及铃响。结果是邮递员，是风，什么都没有。有时她梦见我们穿着翻飞的雨衣从路的那头走来，弓着背抵御寒风，用她听不太懂的话互相交谈。当我们抬头对她开口时，那些话给捂了起来，单词之间的间隙扩大，韵律膨胀，像水中的声音一样。万一有一晚我真的走到房子旁，遇见露西尔在那儿会怎么样？那是可能的。既然我们死了，如今那栋房子自是她的。说不定她就在厨房，搂着腿上几个可爱的女儿，说不定偶尔她们望着黑漆漆的窗户，发现母亲似在那儿看见的东西，她们看见自己的脸和一张与她们母亲特别相像的脸，全神贯注，饱含深情的凝视，只有露西尔会认出那是我的脸。假如露西尔在那儿，西尔维和我已在她窗外站了上千次，我们趁她在楼上换床褥时，大力推开边门，带进树叶，扯掉窗帘，打翻花瓶，然后以某种方式，在她赶得及跑下楼前再度离开那座房子，留下一股浓烈的湖水味。她会叹息，心想，"她们一点没变。"

或者，想象露西尔在波士顿，坐在餐厅的一张桌旁等朋友。她的衣着典雅有品位——比如说，穿着一身花呢套装，颈上搭配一条琥珀色的围巾，让人们注意到她逐渐变黑的头发里有一抹红。她的水杯在桌上留下一个三分之二的圆环，她用大拇指把圆环画完整。西尔维和我抚平我们超大号外套的下摆，用手指把头发梳向脑后，我们没有跨门闯进去，没有坐到她的邻桌，而是掏空口袋，在桌子中央堆起一小摞湿漉漉的东西，挑拣出口香糖的包装纸和票根，点数硬币和美钞，加总金额，笑哈哈，又加一遍。我的母亲，一样，也不在那儿；我的外祖母，穿着家居拖鞋，辫子甩来甩去；我的外祖父，头发梳得平贴前额，并未兴致勃勃地埋首研究菜单。我们不在波士顿的任何地方。无论露西尔怎么张看，永远不会在那儿发现我们，发现我们的任何足迹或踪影。我们未在波士顿的任何地方停留，连驻足欣赏橱窗也没有，我们的流浪没有边际。注视这名女子用食指涂去水杯上蒸汽里的姓名首字母，注视她把玻璃纸包装的牡蛎苏打饼干悄悄放入手袋，准备拿去喂海鸥。谁都不可能知道她的思绪如何被我们的缺席所拥塞，不可能知道她如何什么也不看、不听、不等、不盼，永远只对我和西尔维例外。

文景

Horizon

社科新知 文艺新潮

管家

[美]玛丽莲·罗宾逊 著
张芸 译

出 品 人：姚映然
责任编辑：李晓爽　王　玲
营销编辑：杨　朗
封扉设计：Cédric Allermann

出　　品：北京世纪文景文化传播有限责任公司
　　　　　（北京朝阳区东土城路8号林达大厦A座4A　100013）
出版发行：上海人民出版社
印　　刷：山东临沂新华印刷物流集团有限责任公司
制　　版：北京大观世纪文化传媒有限公司

开本：850mm×1168mm　1 / 32
印张：7　字数：113,000　插页：3
2017年5月第1版　　2018年6月第3次印刷
定价：45.00元
ISBN：978-7-208-13058-6 / I·1394

图书在版编目（CIP）数据

管家 / （美）罗宾逊（Robinson, M.）著；张芸译
. —上海：上海人民出版社，2015
书名原文：Housekeeping
ISBN 978-7-208-13058-6

I.① 管… II.① 罗…②张… III.① 长篇小说-美
国-现代 IV.① I712.45

中国版本图书馆CIP数据核字（2015）第128017号

本书如有印装错误，请致电本社更换　010-52187586